JN038648

拾ったものは大切にしましょう
～子狼に気に入られた男の転移物語～

著 ぽん
ill. TAPI岡

登場人物紹介
ゼン(大きな姿)
イオリに拾われた狼。
転移時に神獣フェンリル
になった。体のサイズを
自由に調整できる。
イオリ
ゼンを助けたことで異世界
に転移した青年。穏やかで
礼儀正しいが、料理のこと
になると暴走しがち。
クロムス
幻獣カーバンクルの
子ども。ヴァルトと従魔
契約を結んでいる。
ゼン(小さな姿)
ゼンの小型モード。

ヴァルト
冒険者として活動している男性。ひょんなことからイオリと出会う。
ダン
宿屋の店主をしているライオン獣人。元冒険者で面倒見が良い。
スコル
イオリに拾われた狼獣人の少年。双子の兄。
パティ
イオリに拾われた狼獣人の少女。双子の妹。

痛くもない。

苦しくもない。

ポカポカ暖かい優しい場所。

目の内側がチカチカして開けられない。

体を動かしてみると、フワフワした何かが手を掠める。

ビクッと体を固めると、今度はフワフワしたものが顔の辺りに移動してすり寄ってくる。

「もしもーし。相沢庵さーん。起きてくださーい」

声をかけられ、再びビクッとする。

「はい！　……ちょっと目が開かなくて……あれ？」

そう戸惑っていると、

「あぁ、少し待ってください」

誰かの手が目に触れた。

チカチカしていたものがスッと消え、促されるままに目を開けた。

覗(のぞ)き込むように、男性が見下ろしていた。

「お目覚めですか？　ようこそ！　アナザーワールドへ!!」

にこやかに話すその男性の髪は、虹色(にじいろ)に光っていた。

第1章　きっかけ

1

「庵ちゃーん。今からお山に行くんか？」

「うん。今日はコブ山辺りで泊まってくるよ」

心配そうに声をかけてくるハル婆ちゃんをよそに、庵はニコニコ笑顔で、荷物を詰めたバックパックと細長い鞄を肩にかけて山に足を向ける。

「あのお山は狼の山だよ。これから日が落ちるのに大丈夫かい？　泊まるってテントだろ？」

「そうなんだけど、お山の麓の畑に猪が出るんだって。みんな困ってるんだよ。２匹くらい仕留めたら、当分近づかないでしょ」

ニコニコ笑顔を絶やさず、庵はハル婆ちゃんに手を振った。

「帰ってきたら猪肉を持ってくるよ。鍋でも食べさせて！」

ハル婆ちゃんも笑顔で手を振っていた。

「風呂も用意するよ。気をつけてやー」

「はーい」

△　△　△

今日の山は静かだ。

鳥でさえ息を殺しているようだ。

こんな日は何かある。

麓にある畑から続く猪の足跡を目で追い、山に入る。少し離れて平行して足を進める。

祖父や村の大人達が教えてくれた山での生き方。

人の匂いを付けないように。音を立てずに気配を消し、木々達と一体化するように……。

「ここだ」

俺は一言呟き、その場を離れた。

山の中腹、木々を抜けた先にある岩山を村の人間は〝コブ山〟と呼んでいた。

コブ山辺りでテントを張り、椅子とローテーブル、ランタンを出し、動物が嫌う香を焚く。

来るまでに拾ってきた松ぼっくりに火をつけ、焚き火を始めた。

そうこうしていると空が暗くなり始め、時計を見れば6時近くになっていた。

日中は薄着でよくなったとはいえ、初夏の夕方の山は寒い。パーカーを出して着る。

そうしながらも、俺は夜中に出没する猪のことを考えていた。

焚き火から少し離れ、小枝を探しに行く。

すると、目の端に白い物が通り過ぎた気がした。目を凝らすが何もいない。

「気のせいか……？」

注意しながら焚き火に戻る。家で作ってきたスープをコッヘルに入れ、バーナーで温める。おにぎりを口に詰め込む。

時間はまだある。

仮眠を取ろうと目を閉じた……。


俺は28歳。元々は都会で生まれたが、２歳の時に両親が交通事故で帰らぬ人となった。

俺は父に守られて難を逃れたが、１人ぼっちになった。

そんな俺を父方の祖父母が引き取り、今の村に来た。

祖父は厳しさの中にも愛情を持ち、村や山での生き方を教えてくれた。

祖母は物静かな人だった。絶えず温かい優しさで包み、１人で生きていけるように料理を教えてくれた。

２人が相次いでこの世を去ったのは、俺が16歳の時だった。

村の人はそんな俺を、自分の子のように、孫のように見守ってくれた。

だからこそ俺も村のために生きようと努力してきた。

村のために行っていること、その1つがハンターだ。

温暖化の影響か、食べ物を求めて動物達が山から下りては畑や庭を荒らしていくのだ。

群れであれば、ボスを仕留める。統率を乱して、山に逃すというわけである。

狩った動物は解体して村のみんなに分けた。そのお礼に、野菜やら米やらを持たされる。

役場を通して、村からも多少のお金がもらえる。

そんな生き方を、俺はしてきたのだ。


——パチッ。


焚き火の音で目を開けた。

時間は午前0時を過ぎた辺り。俺は黒く細長い鞄(かばん)を開けて猟銃(りょうじゅう)を出した。

祖父が使用していた物、将来使えと用意してくれていた物、そして自分で買った物の計3丁。

全ての銃に弾を詰め込む。

決めていたポイントより随分(ずいぶん)と離れた場所に布を引き、銃を1丁手にして腹這(はらば)いになった。

予測時間より早いが、俺は引き金に指をかけ呼吸を整えていく。

いつもニコニコしている俺の顔が、獲物を狙う狼のようになっていく。

時間が経てば経つほど集中が深くなる。

耳に届く微かな音も聞き漏らさないように、頬を撫でる風の変化を逃さないように、猪の匂いを掴むように……。


どれくらい時間が経っただろう。

俺の全神経が変化を捉えた。

ドッドッドッドッドッドッドッ。

猪の群れがポイントに集まってきた。見たところ４つの群れが、誰が一番に獣道に入るかと牽制し合っていた。

足の止まった、その一瞬を俺は逃さない。

ドンッ！　ドンッ！

１つ目の銃で２つの群れのボスを仕留め、すぐに次の銃を手にし同じことを繰り返していく。

猪が逃げていく音が止み、山が静かになるまで５分も経っていなかった。

俺は銃と布を持ち、射止めた５匹の猪に近づくと、手を合わせた。

美味しく猪肉を食べるには早めの解体が不可欠だと祖父に教わった。

俺は流れるような動きで猪達を解体していく。

……視線を感じる。

早々に片付けを済ますと、猟銃を構え目を凝らした。

カサッカサカサ。

草の間から子供の狼が顔を出した。

「お前……」

その子狼は真っ白だった。

俺を窺うように顔を出したり隠れたりしている。

「親が、育てるのを放棄したのかな……」

猟銃を下ろし、子狼に背を向けて歩きだした。

アルビノ種なのだろうか。色が違うために親から見放されたのかもしれない。

安易に手を貸して子狼が自然で生きられなくなるのは可哀想だ。そっとしておくに限る。

テントに帰ったら山を下りる準備をしてから少し休もう。

そう考えて、その場を去る。


カサッカサッ。

一定の距離で子狼がついてくる。

しかし、俺が振り向けば草に隠れる。

「ハァー……」

俺はため息を吐くと、スライスした猪肉を大きな葉っぱの上に載せた。

「食べなよ。お腹減ってるんだろ？」

少し離れて様子を見ると、子狼はソロソロと近づき、匂いを嗅いでからバクバク食べ始めた。

俺は微笑んで、テントに戻った。


空が白んできて山の木々の間にも光が届き始めた。

山を下りよう。

役場に行って報告をして、猪を解体して村のみんなに届けよう。

最後にハル婆ちゃんに無事な姿を見せて鍋の催促して、お風呂をもらってグッタリ寝よう。

夕方にはハル婆ちゃんのボタン鍋とビールで今日の話をしよう。

これからの予定を考えながら焚き火の火を消し、バックパックと猟銃を入れた鞄を担いで出発した。

△　△　△

しばらく歩くと、カサッと木の陰から白い子狼が飛び出してきた。

「お前……。さっきの……。お腹いっぱいになったたか？」

「クゥーン」

近づいてきて俺の足に擦りついてくる。

「連れてはいけないよ。お前はここで生きていかなきゃいけないんだよ」

「クゥ……」

俺の言っていることが分かっているのか、耳を垂らしてくっ付いてくる。

1匹で山を彷徨い寂しかったのだろう。

触らないように、子狼の顔を覗き込んだ俺は息を呑む。

「綺麗だ……」

澄んだサファイアブルーの色をしていた。

その青い目が縋るように俺を見る。

それでも、村に狼を連れていけないと、振り払うように走って離れた。

子狼は慌てて追いかける。

すると、さっきまで寝ていたように静かだった山が、怒ったかのごとく唸りを上げ騒ぎ出した。

驚いた俺は足を止めて、思わず子狼を振り返った。

いつの間にか、俺と子狼の間の地面が大きく割れていた。

唖然としている俺をよそに、向こう側にいた子狼が、

「キャンキャン！」

と吠えながらグルグル回っている。

そして、後ろに下がったと思った瞬間、俺の方へジャンプしようとしてきた。

「ダメだ！」

思わず俺は荷物を放り投げ、走って、割れた地面を飛んだ。

夢中になって子狼を抱きかかえ、対岸に足をつける。

伸びている木の枝を掴んだ。

「フー……」

ほっとしたのも束の間、持っていた枝が折れて、枝先が右目を直撃した。

「グァ！」

俺は思わず両手で目を押さえる。

木から手を離してしまったと気づくのも遅く、子狼を抱えて暗闇の中に落ちていった。

地割れは俺を呑み込んだかのように閉じていき――山はいつもと変わらず穏やかな朝を迎えた……。

2

――そして冒頭に戻る。

「相沢さーん。起きてくださーい」

目を開けて上半身を起こし、周りを見渡した。

俺は、沢山の扉に囲まれた円の中心にいた。

上を見上げると、雲1つない青空。下を見ると、柔らかい草が一面に広がっていた。

「なんだ、ここは……」

トンッ。

真っ白な子狼が、俺の太腿に前脚をかけて心配そうに見上げている。

「お前は……。無事かい？　なんだって飛び出したりしたんだい？」

「クゥーン」

甘えた声を出した子狼を、俺は抱きしめた。

虹色の美しい髪をした男性が話しかけてくる。

「その様子だと思い出されました？　ようこそアナザーワールドへ。私は輪廻の案内役、兼補佐をしている、謂わば〝神〟です。よろしくお願いしますね。相沢庵さん」

俺はポカンとして、

「マジ？」

と呟いた。

「マジです。驚かれていることと思いますので、説明させていただきます」

頭が追いつかない俺を置き去りに、神様はさっと説明に入った。そして子狼を抱き上げる。

「事の始まりはこの子です。相沢さんがいたあの山に、狼が生息しているのはご存知ですね。狼がいたのは、あの山の神〝山神(やまがみ)〟が狼を手厚く保護していたからなのですが――この真っ白い狼が生まれてきたことで問題が起きました。他の狼達がこの子を嫌ってしまいましてね。親でさえも……です。それで、この子を一族から追い出してしまったのです」

神様の流れるような説明に、俺は小さく頷(うなず)き、呟いた。

「そうかなと、予想を……」

「流石(さすが)です！　それでも山神はこの子を愛していました。それで、この子が寂しい思いをしないで済むように家族を見つけたいと願ったのです。そして、この子は貴方(あなた)を見つけました。山神は貴方を試したのです。この子を愛し、共に生きてくれる人物なのか……」

神様は笑みを浮かべる。

「貴方は想像以上の方でした。この子のために何も考えずに地割れを飛び越えた。しかし、山神も枝が折れることまでは考えが及ばなかったようで、貴方達はそのまま落ちてしまった。貴方達を死なせてしまった。山神は、その直後に私に助けを求めてきたのです。違う世界で生きられるようにしてくれと……」

言い終えた神様が、俺の反応を待っている。

少しずつ、俺の頭が働きだす。

「……つまり、ここは天国ですか？」

「正確には違います。ここは前の世界と次の世界への間の空間です。天国はあちらです」

なんてことないように指差す先には、金色だか銀色だか分からない扉があった。

「あの扉は天国に繋がっています。ちなみに、あちらが地獄です」

天国の扉とは反対の方向を見れば、黒い頑丈そうな扉があり、バチバチと電気の鎖が絡まっていた。

「ここにある扉達で、様々な世界に行くことが出来ます。それを管理しているのが私です」

「なるほど……」

「ということで、いかがでしょう？　転生していただけませんか？　山神のしでかしたことで、貴方の運命が変わってしまった。私としては是非とも転生していただきたいのです」

なんだか騙されているようで、俺は何も言えず考え込んでしまう。子狼は彼の膝の上に座り、俺の答えを待っているようだった。

「懸案事項をお聞かせください。時間はあります。1つずつ答えていきましょう」

神様は微笑んでいた。

それだけで俺の不安が少し晴れた。ほんの少しだけだが……。

俺は顔を上げて言った。

「お願いします」

未だにまとまらない頭で、俺は一生懸命に考え、ゆっくりと口を開く。

「死んでしまったことも、別の世界でこの子と生きられるということも理解しました。その場合、今の記憶は持っていけるのですか？」

「いいえ、転生では前世の記憶は失ってしまいます。……では、どうでしょう。転移という形を取るのは？　その場合、記憶は残ります。ただし、年齢が現在より幼(おさな)くなります。そうですねー……。13歳まで戻りますね」

「それで構いません、お願いします。それと……俺は村の皆にお世話になり、可愛がってもらいました。帰らないと心配すると思うので、皆の記憶から、俺のことを消してもらえますか？」

　その言葉に、神は驚く。

「良いのですか？　皆さんが忘れてしまっても……」

「俺が覚えていればいいんです。余計な心配をかけたくないんです」

「分かりました。その代わりと言ってはなんですが……山神に力を貸し、あの山を季節関係なく恵みの山にしましょう。動物達が山を下りて村の皆さんに迷惑をかけないように」

　俺は子狼を抱きしめながら喜んだ。

「ありがとうございます！　それはとても嬉しいです。安心しました、よろしくお願いします」

「貴方は、自分だけではなく、他人の幸せを喜べる人なんですね」

　子狼と戯(たわむ)れる俺を見て、神様は呟いた。

そして、何かを決めたかのように次の話を始める。

「相沢さんには、魔法や魔物が存在する世界に行っていただくことになるのですが、最大限の助けをしたいと思います。まず武器ですが、どうしますか？　魔法、剣、弓、斧、なんでもご用意しますよ？」

「武器ですか……。そもそも、そこはどのような世界なんですか？　今までは、フリーランスで色々なことをしてきたものの、使ったことのある武器といえばハンターで使っていた猟銃と、解体で使うナイフくらいなのですが……」

俺がそう言って難しい顔をしていると、神様は答えた。

「まずこの世界についてですが……いくつかの国があり、大小様々な街があります。相沢さんがいた世界との一番の違いは、魔物がいて、冒険者という職があることでしょうか。冒険者というのはギルドに所属し、自分の力量に見合った仕事をし、報酬を得る職業です。今の相沢さんの暮らしに近いかもしれませんね」

神様は思案しながら、さらに言葉を続ける。

「武器は、相沢さんがいた世界で使っていた猟銃はいかがでしょう？　あちらで使えるように少々私が手を加えます。ただし、魔法は銃を通してでしか使えなくなりますけど、どうでしょう？」

俺は喜ぶが、一瞬で暗い顔になった。

「でも、山に忘れてしまいました」

子狼をギュッとすると、子狼も耳を垂らす。

「クゥーン……」

「あっ！　それは大丈夫です。猪肉以外は山神が届けてくれています。ここにありますよ」

神様が指す場所が光ると、バックパックと猟銃が現れた。

俺は感動のあまり涙目になりながら猟銃をさする。

「さぁ、見せてください！　あちらで使えるように改造しましょう」

３丁の銃が形を変えていく。

２丁が拳銃になり、１丁がスナイパーライフルになった。

「それぞれに色々と付与を付けて、ついでに相沢さんしか使えないように……盗まれても戻ってくるように……。これでどうです？　一度、持って試してください」

またもや俺を置き去りにして、どんどん話を進める神様。

俺は戸惑いながらも、渡された銃を手にする。形が変わったのに、まるで自分専用の銃であるように手に馴染んでいる。

しかし、スナイパーライフルを右目で覗き込むと――

「あれ？　真っ暗で何も見えない？」

神様が慌てて手を振る。

「そうでした！　そうでした！　折れた枝によって相沢さんの右目は怪我をされたんです。目を覚ました時、目が開けられなかったでしょう？　痛みは取りましたが、今はまだ失明の状態でした！」

　俺は右目に手をやると、神様がその手を退けて触る。

「はいはい。大丈夫です。使える目を与えます」

「え……。ちょっと待って。ぎゃ！」

　右目に温かい何かが触れたと思ったら、電気が流れたような激痛が走った。

「少し休みましょう。そのうち馴染みます。お前も落ち着いて主の側にいなさい。私はその他の準備を進めましょう」

　神様はそう言って子狼を撫でると、横になった俺の隣に座った。

「さぁさぁさぁ、急ぎましょう。バックパックでしたか？　これを腰バッグに、空間魔法を付けましょう。着替えとお金、当分の食料と……。ランタンも魔道具にして……。シェルフ？　コット？　ベッドにしましょう。テントも魔法テントに変えましょう。フンフフン♪」

　俺の知らないうちに、次々と彼の持ち物が、異世界仕様に変えられていく。

　そうして時間が経つと、俺の目の症状が落ち着いてきた。

　俺が恐々と目を開けると、さっきまで見えていた景色が嘘だったかのように、クリアに見ることが出来た。

　神様を見ると笑顔で頷く。

「魔眼（まがん）です。銃を持ってください。スコープの役割もしますし鑑定スキルも付けました。便利ですよ？」

「これならライフルも使えそうです。ありがとうございます」

子狼を見ると、嬉しそうにシッポを振って俺の周りを飛び跳ねている。

「さぁ、次ですよ。身体強化、視力向上、魔力最大、精神安定、共通言語……。あとはえーと……」

それから、訳が分からないうちに、神様から沢山の付与を与えられ、俺は固まっていることしか出来なかった。

神様はそれで満足すると、今度は子狼を手招きする。子狼は不思議そうにテトテトと近づいていく。

「お前も相沢さんと一緒に向こうの世界に行くんですよ。そのためにお前も相沢さんを守れるようにしなくては」

「キャン！　キャン！」

「お前には……。フェンリルになってもらうよ。向こうの世界では神獣（しんじゅう）と呼ばれているからね。山神に愛されたお前にピッタリだ」

神様が子狼の頭を撫でると、子狼は光った。

すると、大きな狼くらいになった。

「うわぁー」

驚く俺に神様は振り向き、なぜかガッツポーズを決めた。

「向こうの世界でフェンリルは希少です。戦闘力も高く、感知能力もあります。きっと貴方の役に立つでしょう。さぁ、この子に名前を付けて」

俺がフェンリルになった子狼に恐る恐る近づく。

子狼は大きくなった体を俺に擦りつけ、サファイアブルーの目で催促してくる。

「本当にお前なんだね……。いきなり大きくなるから驚いたよ。今日はずっと驚きっぱなしだよ。ん？　名前だよね。シロとかポチとか……嫌かい？　フフフ。そうだな……。〝ゼン〟はどうだい？　山神様のお山の名前から取ったんだ。あのお山は〝白禅山〟。だから、お前の名前はゼンにしよう」

俺がそう言うと、フェンリルと光の線で繋がる。

光が結ばれると、すぐに消えた。

『ゼン！　ボク。ゼン！　嬉しい。イオリ好きー！』

ゼンと名付けたフェンリルは、飛び跳ねながら俺に抱きつく。

「話せるの？　どういうこと？」

『イオリと話せるー！　スゴイねー』

「それはね。２人が従魔契約をしたからですよ」

神様は悪戯が成功したように、嬉しそうに笑った。呆気に取られる俺は、フフフと笑う神様に視線を向けた。

神様が口を開く。

「人の言葉が分かる神獣や幻獣（げんじゅう）などもいます。この子はまだ子供ですので、契約という名の絆（きずな）を結んだ相手としか話せません。成長したら、他の人とも話せるようになります。大きさだってもっと大きくなります。目立ち過ぎて困りますから、成長すると自由に大小の変化が出来るようにしましょう」

俺とゼンは顔を見合わせ、ニコニコ笑った。

「これからよろしくね、ゼン」

『これからはイオリと一緒？』

「そうだよ。一緒だよ」

『嬉しい！　イオリ！　ボク嬉しい！』

パンッ!!

神様が手を打って2人を注目させる。

「それでは、向こうの世界についてです。人間だけでなく獣人（じゅうじん）、エルフ、ドワーフ、魔族などの種族がいます。それから2人に行ってもらうのは〝アースガイル〟という国です。政治体制は王政をとっていて、この国の現国王は聖王（せいおう）とも賢王（けんおう）とも言われている出来た人物です。人間は、獣人などを差別しがちですが、この国はこれを禁止しています。ただ合法的な奴隷（どれい）がいます。これは雇用形態の一種で、虐待などは厳罰に処されます。賢王は国民に愛され、相沢さんも生きやすい国だと思います。もちろん完璧とは言えません。貴族の中には悪い考えを持つ者もいますし、近くには、軍事力に物を言わせる国もあります」

またもや、俺を置いて神様は説明していくので、俺は慌てて口を挟んだ。

「最初から街などに行かなければいけませんか？　初めは山など人のいない所で、新しい体を馴染ませる訓練をしながらゼンと2人で暮らしたいのですが」

「ふむ……。でしたら、まずは〝ポーレット〟という街の外にある〝明けない魔の森〟と言われる魔獣が生息する森に送りましょう。普通の人は来ません。冒険者も高ランクしか来られない所です。訓練するにはピッタリです」

ニコニコした神様に、俺もニコニコしながらも冷や汗をかく。

「その場所、ヤバくないですか？　高ランクって……」

「大丈夫です。そのために強化したんで！　それでは最終確認です！　向こうの世界に行くと相沢さんは13歳になっています。武器は2丁拳銃とスナイパーライフル。弾は創造魔法で作れ、装填までしてくれます。それ以外に使えません。右目はスコープになり、鑑定も出来ます。バックパックは腰バッグに改良し、空間・時間魔法を付与してます。中に色々と改良した物を入れてますので、あちらに行ったら鑑定してみてください」

神様はゼンの頭を撫でた。

「この子はフェンリルになりました。戦闘力が高いですし、風魔法と水魔法が得意です。成長すればもっと大きくなります」

そして一息つき、さらに続ける。

「訓練が終わったらポーレットに行くといいでしょう。ここの領主は良き人で、街も良い街です。以上です！」

「……。何から何までありがとうございました。2人で頑張ってみます。あの……」

俺はそう言うと、天国の扉を見た。

神様が俺の考えを察して言う。

「ご両親とご祖父母に会わせることは出来ませんが、伝言があれば……」

「ありがとうございます。親には、元気でやっていると。祖父母には、2人のおかげで生きていけていると伝えてください」

「承(うけたまわ)りました」

「それと！　山神様にも、よろしくお伝えください。この子に〝禅(ぜん)〟の1字をいただきましたと」

「承りました」

「では、行きます」

「はい。では、こちらへ」

俺は神様に導かれながら、綺麗な模様が彫り込まれた石の扉の前に立った。

神様が最後に言う。

「私の名前はリュオンです。街に行ったら教会を訪ねてください。そこでまたお会いしましょう。相沢さん、どうかお気をつけて自由に楽しんでくださいね」

「ありがとうございました。ゼン、行こうか。リュオン様、いってきます」

「うん！　行こう」

リュオンが開けた扉の向こうから光が輝く。その光の中に俺とゼンは吸い込まれていった……。

「行きましたか。さて……」

リュオンは扉を閉めると、天国の扉に手をかけた。

第2章　始まり

3

さわさわと風が頬を撫でる。頭にある柔らかい枕が目覚めを誘う。

イオリは深く息を吸い、手を上げ、伸びをしながら起き上がった。

白い毛がスリスリと腰にすり寄ってきた。

『イオリ！　起きた？』

「うん。ここが〝明けない魔の森〟かぁ。ゼンも大丈夫？　まずは安全な場所に行こう。荷物の確認したいし、生活する所を探さないとだね」

相沢庵――イオリはゼンを撫でながら自分達のいる場所を見渡した。

前の世界の山とは確実に違うと感じる。

でも、どことなく知っている植物もある気がする。

『あっちから、神様の匂いがするよ！　こっちだよ』

ゼンは鼻先を押し当ててイオリを後ろから押す。

「リュオン様が行き先を教えてくれてるのかな？　何から何までありがたい。にしても、ゼン。また大きくなった？」

『違うよ。イオリが小さくなったんだよ。大きいイオリも好きだけど、小さいイオリも可愛いーねー』

歩きながら手や足を見ると、確かに小さくなっている。

「リュオン様が言ってたね。もう13歳になってるんだね。あっ。腰バッグもある」

イオリは腰バッグを撫でた。


2人で自分達の変化を言い合いながら歩くと、いつの間にか大きな泉に出た。

泉の中央に岩山があって階段のようになっている。

その岩の上の方に洞穴（ほらあな）があった。

『ここ！　ここ！　神様！　リュオン様の匂いがするよ』

ゼンがイオリを見上げ、嬉しそうに飛び跳ねる。

イオリは引き寄せられるように泉に近づいた。

泉を覗き込むと、幼くなった自分と目が合った。

知っている黒い髪、知らない青い右目と薄い縦傷。ただし、目も傷痕もよく見なければ分からない。

先ほどまで夢見心地だったのが、一気に現実だと理解する。両目がジンと熱くなった。

『イオリと一緒！　目！　一緒！』

一緒に泉を覗き込んでいたゼンが嬉しそうに尻尾を振った。無邪気なゼンに救われた気持ちになったイオリは目を細める。

「そうだね。一緒だね。初めてゼンに会った時から綺麗な目だと思っていたから嬉しいよ」

もう一度泉を覗き込む。

あまりにも水が綺麗で、深さも確認出来る。

「多分、リュオン様は、匂いであの向こうの島に行けって示しているんだろうけど、どうしたらいいんだろう……泳ぐ？」

水鏡越しにゼンと話しながら、水面を軽く触った時だった。なんの音もせずに、島までの泉が割れたのだ。

2人が歩けるくらいの道が出来た。

驚いた2人は思わず飛び上がってしまった。

「行っていいのかな？」

『いいみたい。あっちの方からリュオン様の匂いするもん』

戸惑うイオリが見下ろす。ゼンは前脚で水があった場所をツンツンとしていた。

2人で頷き合って泉の道を歩きだす。

割れた水の道は２人が歩いてもそのままだった。泉の小島に足を踏み入れて後ろを振り向く。すると、音もせずに道は元に戻っていった。

「凄いな。リュオン様、凄過ぎる……」

『このお水……魔物は入れないみたい。リュオン様の力を感じるー』

どうやら島を囲んだ泉が聖域になっていて、２人を守ってくれているようだった。

改めてリュオン様に感謝しながらイオリは祈った。心なしか心が温かくなった気がした。

岩山の洞穴を覗き込む。そうして安全を確認してから、イオリは腰を下ろし、腰バッグの中をチェックすることにした。

テント、ランタン、お金……と色々と出てくる。鑑定を試みる。

「鑑定ってどうするんだろう？　リュオン様はイメージって言ってたな。イメージ……イメージ……イメージ……」

テントを見てみると、右目を通じて文字が浮かんできた。

魔法テント：　魔道具。イオリ専用。イオリが認めた人しか入れない。
盗まれてもイオリの腰バッグに戻る。湿度・温度を快適に保つ。
隠密スキル、シールドスキル。

「これがテントだって？　設置してみよう」

洞穴の中に広げてみる。元々持っていたAフレーム型テントだった。慣れた手つきで素早く設置してから、入り口をめくってみた。

「はっ？　……はぁ⁉」

１人用テントの中には、とんでもなく広い空間が広がっていた。

「ありえない……」

何度も外と中を確認する。

外から見ると、ソロ用テントで１人が寝られて荷物が入ればいいくらいでしかない。

しかし、中はモンゴルのゲルのようになっていて、円形で天井が高く、硬い床の上には毛足の長いラグマットが敷かれている。

奥には３段ほど高いフロアにダブルマットレスベッドが置かれて、枕の上にライトがかかっていた。手前には茶卓があり、その周りにはクッションが散らばっていて、壁沿いには小さいキッチンシンクがあった。

イオリは履いていたブーツを脱ぐと、腰バッグから布を引っ張り出してゼンの足を拭いてやった。

ゼンはテントの中をチェックするように匂いを嗅ぐ。それで安全と分かったのか、尻尾をブンブン振ってイオリを見てきた。

イオリはフカフカのラグを確かめるように踏みしめ、右目で鑑定した。

ラグマット：　元々は、俺のレジャーシート。最高級のミンクを素材に使用。
フワフワモコモコ、この上で寝ても良い。
茶卓：　元々は、俺のキャンプ用ローテーブル。軽量で折り畳み可能。
マットレスベッド：元々は、俺のコット。ダブルサイズに変更。腰に優しい。
布団：　元々は、俺のシュラフ。蒸れない寒くない。快適。
キッチン：　元々は、俺のキャンプ用棚。シンクのみ簡易キッチン。水も出る。
クッション：　サービス。モフモフ。

「凄過ぎる。リュオン様、気合い入れ過ぎてる……」
イオリはクッションの間に座り、残りを調べようとカラビナが付いた水筒を手に取った。

水筒：　元々は、俺の水筒。いつでも白禅山の湧水が飲める。料理にも最適。
無限に出る。

振ってみてもなんの音もしない。首を傾げながらフタを開けると、チャプッと音がする。

試しに飲んでみると、

「冷たい！　美味い！」

ゴクゴク飲むイオリを見て、ゼンも近づいてきて催促する。

「ちょっと待って！　バックパックの中の物全部ということはあるはず……あった！」

イオリは木の浅皿を出して水筒を傾け、水で満たした。水の入った浅皿を茶卓に置いて、ゼンに勧めると勢いよく飲みだした。

ゼンは満足そうに喜ぶ。

『お山の水だー！　美味しー！』

引き続いて腰バッグを漁るイオリ。

鍋：　元々は、俺のコッヘル。耐久性に優れている。
コンロ：　元々は、俺のバーナー。五徳付き魔道具に改良。
魔石が埋め込まれていて燃料切れがない。

「火の心配はないのかな……。よし」

チェア：　元々は、俺のキャンプチェア。軽量は変わらないが、木と布で作り直した。

イオリはチェアを入り口の脇に置いた。

その後も腰バッグを漁っていると、少量の食器類、少量の食べ物、着替えやタオルなど生活に必要な物が出てきた。共通点と言えば、リュオンの加護と盗難防止が付与されていたことだ。

残りは、武器とお金である。

まずイオリはお金の入っている腕輪を茶卓に置いた。

「……？　これが財布なのかな？」


硬貨：　この世界のお金。単位はない。日本円に直すと次の通り。所持数も記載。

硬貨そのものだと不便なため腕輪で管理。腕輪は俺の腕時計。

電子マネーです。ピッです。

銅貨：100円　×　5000枚
銀貨：1万円　×　5000枚
金貨：10万円　×　5000枚

大きいお金はここぞってところで使ってくださいね。

「金貨だけで……5億っ。……いやいやいやいやいや‼　何、この量……。電子マネーって……。俺、前の世界でも使ったことないよ。村で必要ないもん。いや、5億……。忘れよう……。ここその時ってあるし、当分使わないし。忘れよう」

イオリは腕輪を腰バッグに入れ、頭を振って気持ちを切り替えた。それから、銃とナイフを持って立ち上がった。

イオリは椅子に座りブーツを履く。それからゼンに声をかけた。

「ゼン。武器を試しに行くけど、一緒に行かないか？」

『行く！　ボクも体動かしたい！』

△　△　△

2人で外に出るとまだ明るい。石の階段を下りて体を伸ばす。

初めにスナイパーライフルを手にし、構えてみた。

「イメージ……。イメージ……」

拡大スコープをイメージすると、右目から出る二重の青い輪が照準を合わせてくれる。仕組みをなんとなく理解したイオリは、泉の向こうにある木の実を狙う。

輪の中心にT字のレティクルが出てきた。転移前は裸眼で猟銃を使っていたため感心する。

「便利なもんだな。ゼン、なんとかなりそうだよ」

もう一度ライフルを構えて、木の実を狙い通常の弾をイメージして引き金を引く。

ドンッ!!

音とともに木の実が砕けた。

『イオリすごーい！』

「使えるね。でも木の実じゃ威力が強過ぎるね。色々試さないと」

次は、と拳銃を出す。

「これは、転移前は使ったことがないんだよな。どう練習しようかな。とりあえず試すしかないか……。ゼン向こうに行ってみようか？」

『うん。ダメならここに逃げてこよう。リュオン様が守ってくれるよ』

「なるほどね。ゼンは悪い気配とか感知出来るんだよね。心強いよ」

『まかせて！』


2人は泉に近づき、水に触れる。泉が割れて出来た道を渡った。

しばらく歩き、先ほど撃った木の実を確認して威力を見る。

「うん。当分は通常弾で練習しよう。ゼンも好きに走っておいで。まだ、どんな所か分からないから気をつけてね」

『はーい』

ゼンは土の感触を試しながら走りだした。少し様子を見ると、ゼンは木を簡単に倒している。イオリは驚いた。

「……俺も頑張ろう」

2丁拳銃も試してみた。

「撃ち終わったら弾は消えるのか……」

何度撃っても、撃ち込んだ弾痕に弾がないことが分かった。また転移前より体が軽い。若返っただけではない何かがある。

そこでふと気づく。

目の端に動くモノがあった。

鑑定してみると〝一角兎(いっかくうさぎ)〟と出た。イオリに気づき逃げようとしている。

瞬時にイオリが飛び、一角兎を捕まえた。ジタバタしている一角兎を離すと、草むらに逃げていった。

「身体能力が上がってる？　あぁ……。なんか沢山、能力付けてくれてたな」

自分の体と能力を確認していると、ゼンが戻ってきた。

『イオリ！　これ食べていい？』

ゼンが持ってきた果実っぽい物を鑑定する。〝りんご〟と出た。

「これ、食べられるよ。りんごだって。持っていこう。もう少しこの辺を探索しながら帰ろうか」

泉に帰る道すがら、落ちている枝を拾う。そしてナイフで余計な葉を切り、ゼンに持ってもらった。

石を何個か腰バッグに入れ、枯葉を拾う。


テントに戻ってくる。

洞穴の外の広い所に石を囲み、枝と枯葉を並べた。そうしてから魔道具のコンロで火をつけ、焚き火を作った。

水を浅皿に入れ、りんごをナイフで切る。

ゼンに差し出すと嬉しそうに食べた。

『甘酸(あまず)っぱくて美味しいよ！』

その後、この日は泉の周りを探索した。

転移前でも見知った植物があり、使えると分かると採取した。

ご飯はリュオン様が用意してくれた物を食べた。だが、明日からは自分で用意しなければいけない。

イオリは持ち帰った青く茂(しげ)った枝を蔓(つる)で縛って、柵を作った。そうして洞穴に埋め込む。

「よし、これで外から見えないよな。なんとかやっていけるかな」

ここから1週間、第一異世界人に会うまで、イオリとゼンは魔の森の行動範囲を広げ、一角兎をはじめ小動物を獲物として追いかけては、体を鍛えるのだった。

4

『イオリー！　泉を一周してくるー』

ゼンは今日も朝から日課の散歩を欠かさない。

イオリは笑顔で送り出し、体術の訓練をしていた。


どのくらい時間が経ったろう。今日は遅いな。イオリが、そう思っていると森が騒ぎだした。

慌てて目を凝らすと、

『わー！　イオリー。これ、どーにかしてー』

ゼンが何かを咥(くわ)えながら走ってくる。

その後ろを、武器を手にした人型の魔物が追いかけていた。

イオリは泉を触り道を作ると、スナイパーライフルを構えた。

泉の道を走ってくるゼンの後ろから、水は徐々に閉じていく。慌てて止まった魔物の一瞬を逃さず、イオリは引き金を引いた。

３匹の魔物は頭を撃ち抜かれて倒れる。

「ゼン、大丈夫？　怪我は？　何があったの？」

息が上がっているゼンを撫でる。

『あのね、この子を助けたの。今のヘンテコに捕まってたから。初め1匹だったから、大丈夫と思ったらいっぱい出てきたから逃げてきたのー。ケガはないのー。この子、大丈夫？』

ゼンは口に咥えていた何かをイオリに見せた。

それは小さいウサギのようだった。

額(ひたい)に赤い石が付いていていて、体はエメラルドグリーン。尻尾に行くほど濃い緑になっていた。

イオリは早速(さっそく)、鑑定した。

カーバンクル：　幻獣。額に宝石が付いている。スキル：シールド。
契約獣。健康：気絶中。

「大丈夫。気絶してるだけだって。この子、カーバンクルっていうんだって。側にいてあげて。他の魔物が集まると困るから、倒した魔物を始末してくるよ」

『うん。分かった。気をつけてね』

イオリは泉を渡ると、倒した魔物を鑑定する。

オーク：　武器を使う魔物。1匹じゃ弱いが、群れると面倒。
豚肉として食べられる。

「えっ……。食べられるの？　えー……試してみるか……」

イオリはその場で素早く解体していき、必要な肉だけを採った。そして残りを土に埋めて、泉で体を清めてからゼンの元に戻った。


「どう？」

『起きたよー。怖くて寝ちゃったんだって』

ゼンのモフモフした毛の中から、片手に乗るくらいのカーバンクルが出てきた。

だがイオリを見ると、シールドを張って威嚇（いかく）する。

『イオリはボクの主人だよ。キミを助けてくれた人だよ。怖くないよ』

カーバンクルの後ろからゼンが鼻で突っついた。

カーバンクルはほっとして力を抜くと、イオリに近づく。そして、差し出されたイオリの手に擦りついてきた。

「本当はゼンが助けたんだけどね。そのサポートをしただけだよ。無事で良かった。水飲む？　りんごは好き？」

ゼンの皿に水を入れ、２匹に飲ませた。それからりんごを切り分ける。

カーバンクルは匂いを嗅いでから、長い耳をピーンとして水をゴクゴク飲んでいく。

「これから、どーしよう」

『一緒にいればいいよ！』

「んー。でも、この子契約されてるよ？　この子を探している家族がいるってことだよ。ゼンも俺と離されたら嫌でしょ？」

ゼンは尻尾をバッ！　っと伸ばして言う。

『イヤ！　絶対イヤ！』

「そうだろう？　どーしよー。俺達、ここを離れられないし……」

カーバンクルがゼンに擦り寄り、何かを伝えている。

ゼンが通訳する。

『何かねー。みんなと離れた時に捕まっちゃったんだって。離れた所に家族がまだいて、この子を探してるんだって。ここにいることが分かったから来るって……。２日かかるって』

「遠くの相手とも会話出来るの？　ってか、人がここに来るの？　大丈夫なの？」

『悪い人じゃなさそう。黒い気配じゃないよ』

「そうか……。じゃあ、２日間待つか。待ってるって伝えてくれる？」

ゼンがカーバンクルに鼻をつけてスンスンすると、カーバンクルが耳をピコピコ動かしている。

『伝えたって。ねー、この子と遊んでいい？』

２匹を撫でてイオリはニコニコした。

「水には気をつけて仲良く遊ぶんだよ？」

すると２匹は戯れ始めた。

イオリはその様子を見て微笑みつつ、焚き火に枝をくべた。

この日は、りんごと木の実で空腹を満たし、遊び疲れた２匹を抱きしめて眠りについた。

△　△　△

朝、イオリは一足先に起きていた。

異世界に来て１週間ほど経った。

未だに夢なのでは？　……と頭をよぎるが、隣で寝るフェンリルとカーバンクルを撫でると、現実なのだと実感する。

ゆっくりと起き上がると、２匹も目覚めイオリに擦り寄ってきた。

「おはよう」

挨拶をして外に出る。

泉で顔を洗い、水筒の水を飲んだ。２匹も同じことをして朝食を取る。といっても昨夜と同じ物だった……。

「いつまでも、りんごと木の実じゃだめだなぁ。２人とも今日も森を散策するけどどうする？」

『行く！　キミは？』

行く気満々のゼンとニコニコ顔のイオリを見て、カーバンクルはイオリの服をギュッとしながらコクンと頷いた。

「大丈夫。俺とゼンから離れないで」

イオリは肩にカーバンクルを乗せると、ゼンを連れて泉を出た。


カーバンクルは泉が割れるのを見て驚き、イオリの首にしがみついていた。

その後は、イオリが一角兎を追い、２丁拳銃で仕留めていく。

カーバンクルは合間に食べられる果物を採っていた。

ゼンも楽しそうに一角兎を追いかけ、時に食べられそうな物を見つけては、鼻を使ってイオリに教える。

当初イオリの銃の音に怯えていたカーバンクルも、最後にはイオリの肩に乗って小さいシールドで守っていた。


お昼時になると3人で泉に帰り、外の焚き火を囲んだ。

2匹に水と果物と木の実をあげてから、イオリは一角兎を捌いて焚き火で焼いた。

……塩が欲しい。2匹と共に食べていると、味が物足りなくなってきた。

食べ終わると、2匹は遊び始める。

イオリは採ってきた植物達などを仕分けし始めた。それらを鑑定していくと、驚きの結果にイオリは喜んだ。

塩の結晶石。味噌が入った実。搾れば醤油が出る実。胡椒の実。これだけあれば、とりあえず生きていける。

野生で生きていたゼンは凄い。ジャガイモやきのこ、玉ねぎや長ネギを見つけてきた。

イオリはトマトとサヤエンドウを。

甘いビートはカーバンクルが抱えてきた。前の世界の野菜と完全に同じ物なのか分からないが、もしそうなら砂糖が出来るかもしれない。

『何か作れる？』

「出来るね。ゼンが見つけた調味料の実が凄いよ！　2人ともよく頑張ってくれたね。お疲れ様」

イオリに褒められて、ゼンは嬉しそうに尻尾を振る。

カーバンクルにも甘いビートのお礼を言ったら、恥ずかしそうにゼンの尻尾に隠れてしまった。

魔の森には十分な素材がある。採取していけば生きていける。追々と集めていこう。炒め物などするのに油も欲しい。

植物性の油はまだないが、動物性の油には心当たりがある。

そう考えたイオリは、早速油を作ることにした。

オークの肉塊を出して、脂身を切り出して細かく叩いた。

それから腰バッグからコンロと鍋を出し、先ほどのオーク肉を中に入れ、少量の水を入れて火をつける。

灰汁(あく)を取り、浮いてきた綺麗な油を、拾ってきた竹のような筒状の木に移す。これを固めればラードになる。

鍋に余った油にジャガイモを切って入れ、炒め、塩と醤油で味を付けて食べてみた。

「美味い……」

匂いを嗅ぎつけたゼンにもあげると、

『美味しー!! 何これ! もっと! もっと!』

どうやら、気に入ったようだ。

カーバンクルにも食べるか聞くと、クンクン匂いを嗅いだあとコクンと頷き、パクっと食べた。

耳をピーンとさせてさらにパクパク食べ、もう一つと催促してきた。

他の野菜も同様に試していく。剥いた皮を別の鍋に溜めていき、最後に一角兎のスジと水を入れて煮込んでいく。

『これも食べれる？』

「これは汁だけ欲しいんだ。ブイヨン。出汁を取ってるんだよ。野菜の皮から美味しいのが出るからそれを飲むんだ。今日は間に合わないから、他のを食べよう」

ゼンはイオリの料理が気に入ったのか、これからも沢山採ってくると意気込んでいる。

カーバンクルは満足したのか、イオリの肩の上で眠っている。

空を見上げると、日が落ち始めていた。

明日には、この子ともお別れだ。ゼンも寂しいのだろう……決して離れようとしない。

イオリは片付けをしてから、２匹を連れてテントに戻り、抱きついて眠りについた。

△　△　△

カーバンクルに起こされた朝……。

「んっ……。おはよう。どうした？　ゼン起きて。カーバンクルが何か言ってるよ」

『おはよ……。んー』

カーバンクルはゼンを突っつき会話をしている。

『夕方くらいに着くって。この子のママと、人間が3人で来るって言ってる』

イオリはカーバンクルを撫でて、

「分かったよ。今日も午前中は森に行くけど、午後からは泉にいるようにするよ。伝えてくれる？」

カーバンクルはイオリの手を握り、コクリと頷いた。

「よし！　起きよう。2人とも今日も頑張ろう!!」

2匹を連れてイオリはテントを出た。

朝ごはんには昨日手に入れた物を食べ森に出かけた。


昼時に帰ってきた3人は獲物の選別を始めた。

カーバンクルは木の実と果物。ゼンは一角兎と色々な植物達を。イオリは飛んでいた鳥と野草。

イオリは自分が狩った鳥を鑑定する。

ロック鳥：　巨大な鳥。攻撃力が高く睨んだ相手を石に変える。
羽、爪、クチバシは素材に使え、肉も美味。

「ゼン！　この鳥も食べられるって！　空にいる時は分からなかったけど、落ちてくる時、大きくてビックリしたね」

『イオリ、面白い顔で驚いてたね！』

カーバンクルも頷き、３人で笑い合った。

イオリは鳥を解体して素材と肉を分けた。肉は部位ごとに切り分け、大きな葉で包み、腰バッグに入れた。

素材はどうしたもんかと悩みながら、いつか使うだろうとこれも腰バッグに入れた。

次に野草を鑑定していった。

カモミール：フルーティーで爽（さわ）やかな香り。
心を落ち着かせるリラックス効果がある。
ミント：爽快（そうかい）な香り。消化不良・喉の炎症に効果があり、
血管拡張作用がある。二日酔いにも良い。
レモングラス：レモンの香り。リフレッシュ効果がある。疲労回復、
消化器不良改善、胃もたれ改善、殺菌効果。虫除けにも使える。
ジンジャー：生姜（しょうが）。体を温める。整腸作用、血液サラサラ。消臭効果もある。

「おぉぉぉ。生姜……」

試しに採ってきたが、使えるハーブ草達だった。

イオリはこれらも腰バッグに入れた。

午後からは、昨日カーバンクルが持ち帰ったビートで砂糖を作ってみる。ビートはイオリの故郷では甜菜と呼ばれ、甘味料が採れると教えられていた。

皮を剥き、賽の目に切っていく。

沸騰しないくらいのお湯にビートを入れ、煮込んでいく。灰汁を取りながら、トロトロになるまで煮る。不純物を沈殿させて上澄みを取り、その上澄みをさらに煮て水分を飛ばすと、ビート糖の出来上がりだ。

「フー。ゼン。出来たよー。口開けて」

『あーん』

ゼンの口に砂糖のかけらを入れる。

目をカッ！　と見開いたかと思えばすぐに目尻を垂らす。

『甘ーい。美味しー』

「普通はこれだけでは食べないんだ。今日は味見。これ使っておやつ作ろう」

小さいかけらをカーバンクルにもあげると、リスのように頬をパンパンに膨らませ、目尻も尻尾も下げていた。

イオリはビート糖と水を火にかけ、そうして出来たシロップを、ツルツルした小さい葉っぱに少しずつ垂らしていった。

時間が経って固まったシロップを葉っぱから剥(は)がし、大きな葉っぱで作った袋に入れる。

「これは飴(あめ)だよ。少しずつ舐めて食べるおやつ。また明日食べよう」

『えー。もっと食べたい!!』

「おやつばっかり食べられないよ。特別にならないだろう？　これは特別なおやつ！」

『ムー……。うん。特別なおやつ！』

仕方がないので本当に欲しそうにする2匹にもう1つずつだけあげようとすると、2匹は大喜びで口を開けた。

それはそうと、待ち人が来るまで時間はまだある。

イオリはそう思いつつ、腰バッグから木の筒を出し、ニヤニヤしながら振った。そうして、チャプチャプと音がするその中身を、見つけたことを思い出す。

――イオリ達が野草を採取していた時。

水がチロチロと湧(わ)き出ている小さな池があった。

『いい匂いの水だね！　美味しいのかな？　これ水かな？　飲めるのかな？』

ゼンも水か分からないらしい？　イオリの予想通りだとしたら……。

3人で近づくと、甘い匂いがしてきた。

「やっぱり水じゃないよね。あまり近寄っちゃいけない気がする」

『イオリー。頭がボーっとする』

イオリが2匹を見ると、２匹は頭を振っている。

「２人とも先に泉に戻ってて、すぐに俺も戻るから」

イオリが１人近づいて鑑定すると、

湧酒(わきざけ)：　湧き出ている酒。自然の中で水と植物が発酵(はっこう)して出来る酒。美酒(びしゅ)。


「お酒だ。そりゃクラクラするか。美酒ってことは飲めるんだ。でも、子供の体だからなぁ。料理にならなら使えるかな」

腰バッグからコップを出して１杯分を掬(すく)う。

泉に戻ると、ゼンとカーバンクルはグテーとお互いに寄り添っていた。

「２人とも大丈夫？　気持ち悪くなっちゃった？　あれね。お酒っていう大人の飲み物だったんだ。俺達には早かったね。でも料理に使えるから少し持ってきたよ」

２匹を撫でると、２匹がすり寄ってきて言う。

『あのお水にはもう近づかない……。遠くからはいい匂いだったのに近くに行ったら、ぼーっとする。お料理は楽しみー』

「フフフ。お昼にしようか？」

『するー!!』

ゼンとカーバンクルは飛び跳ねていた。

5

醤油、砂糖、酒が手に入った今。

イオリの料理熱が上がってしまった。

「まずは……オーク肉を使って角煮が食べたいな。小麦粉があれば、ロック鳥で唐揚げが出来るのに……。あっ！　ジャガイモから片栗粉が出来るじゃないか!!」

オーク肉を軽く焼き、お湯の中にネギと生姜とオーク肉を入れて、弱火で下茹でする。

その間に、ジャガイモの皮を剥き、細かく切ってひたすら叩いた。

叩いたジャガイモを布で濾して搾る。沈殿したデンプンを残して水を捨てる。デンプンを葉の上に広げてから、ゼンを呼ぶ。

「ゼン。これ、乾かしてくれない？　料理に使いたいんだ。カラカラになると風で飛ぶから気をつけてね」

『分かった。やってみるー』

カーバンクルを頭に乗せたゼンが、風魔法でデンプンを乾かしていく。

カラカラになった時に声をかける。

「ストップ！　いいぞ！　ゼン最高!!」

『イオリ、嬉しい？　嬉しい？　良かった！』

「嬉しいよ。美味しいの作れるよ。今日のご飯にしよう」

ジャガイモから出来た片栗粉は木筒に入れておく。

それからロック鳥のもも肉を一口サイズに切り、葉っぱの上に置き、醤油、酒、叩いた生姜と一緒に揉み込む。

別鍋にビート糖を入れ、火をつけて溶かし、酒と醤油と水を入れ、茹でていたオーク肉を適度な大きさに切って入れ、弱火で煮ていく。

コトコト、コトコト。

ズラした蓋から香る匂いに、ゼンとカーバンクルが落ち着かなくなってきた。

角煮の煮汁が減ってきた頃には、日が傾き始めてきた。

『イオリー。誰かが近くまで来てる気がするの。ずっと、ウロウロしてる』

カーバンクルが頭でスンスンしている。

ゼンが頷いて、カーバンクルと会話している。

『この子の家族だって！　なんでか、ここに来れないんだって』

「んー？　来れないの？　こちらから行こうか。さよならか……。寂しくなるね」

カーバンクルに手を伸ばすと、スリスリしてきた。

イオリは料理を途中でやめて、待ち人の方に行くことにした。

初めての異世界人、緊張する……。

良い人だといいな。

△　△　△

「方向は合っているのに、同じ所をずっと行ったり来たりとは、どういうことだ？」

「何かに阻(はば)まれている気がしますね」

「それなら、ルチアの力で祓(はら)えないのか？」

『……駄目ですね。魔の森の穢(けが)れやら魔物の仕業(しわざ)なら、私の力でなんとでもなりますが……。これは聖なる力が働いています。クロムスがこの先にいることは分かるのですが……。ん？　……来るそうです』

3人の男と1匹のカーバンクルが魔の森で迷うこと、1時間弱。

離れ離れになった子カーバンクルを探して、ようやくたどり着いたものの、どういうわけか、それ以上進むことが出来ないでいた。

子カーバンクルは保護されていると分かっているが、〝明けない魔の森〟の奥の奥のもっと奥に、誰かがいるのだ。

そんなわけで、３人の男達は異常なまでに緊張していた。

ガサガサ。

音がして振り向くや否や、

「この子の家族の方達ですか？」

声をかけてきたのは、少年だった。

その少年の隣には白い狼がいる。

そして、探していた子カーバンクルは、少年の肩に乗っていたのだった。

△　△　△

イオリが草を分けていくと、剣と槍を持った3人の男がいた。彼らに加えて、全身は黄色いが尻尾は赤い、ウサギのような大人のカーバンクルもいる。

イオリのもとにいたカーバンクルは、大人カーバンクルに飛びついた。それから一度イオリのもとに戻ると、スリスリしてきた。

「良かったね。ママ？　なのかな。さぁお帰り」

母カーバンクルのもとに差し出すと、母カーバンクルは言った。

『礼を言います。人の子。私の子供を助けてくれて』

「貴方は話が出来るんですね。助けたのはうちのゼンで、俺は保護しただけです」

ゼンを撫でると、母カーバンクルはゼンに近づき、スンスンと挨拶した。

『ありがとうございました。神獣フェンリル。私の子供を助けていただいて。この子は寂しいどころか、楽しかったようです。重ねて礼を……』

（ママと会えて良かったね。ボクも楽しかったよ。あのね……。ボク、フェンリルって知られたくない。秘密にしてくれる？）

ゼンが声に出さずに返答すると、母カーバンクルは一度、男の1人を見てから言った。

『恩人達の願いなら』

（ありがとう）

母カーバンクルはゼンから離れ、男達のもとに行った。子カーバンクルは迷いながらも母について行った。

見届けたイオリはゼンを撫でると、全員に頭を下げて踵（きびす）を返した。

「じゃあ、俺達はこれで」

帰ろうとしたイオリ達に、男達が声をかける。

「ちょっと待ってくれ！！！」

イオリ達を呼び止めたうちの1人が続けて話す。綺麗な金色の髪をした男だった。

「クロムスを、私の家族を助けてくれて感謝する。私の名前はヴァルト。ポーレットの街で冒険者をしている。こちらの2人は仲間のトゥーレとマルクルだ。そして、母親のカーバンクルのルチアだ。君は？」

イオリはどうするべきか迷ったが……挨拶はしなさいと祖母に言われたのを思い出した。

「イオリです。この子はゼン。俺の家族です。お役に立てて良かったです」

すると、ヴァルトはクロムスを抱き上げ、イオリに近づいて頭を下げる。

「イオリ、助けてもらったうえに申し訳ないが、夜の魔の森は危険だ。一晩泊めてもらえないだろうか？」

後ろの2人にも頭を下げられる。

戸惑ったイオリはゼンを見る。

(悪い人達じゃないよ)

イオリは頷くと、ヴァルトに答える。

「家があるわけではないんです。安全は保証しますが、小さい島と洞穴があるだけです。それでも良いなら……。どうぞ」

イオリの言葉に、ヴァルト達は首を捻った。

「「『島？』」」

クロムスがヴァルトの手から飛び移り、イオリの肩に上った。そうして、イオリにスリスリして喜んでいる。

その姿を見て、まぁ大丈夫だろうと男達はイオリについて行くことにした。

△△△

「君の名前はクロムスっていうんだね。改めて自己紹介させて。イオリとゼンだよ。お別れと思ってたけど、あと一晩一緒で嬉しいよ。ルチアさんも綺麗な名前ですね」

イオリがそう言うと、ルチアが答える。

『ありがとう。ヴァルトが〝光〟の名をくれたのです。イオリ達が住んでいる所は近いのですか？　私達はこれ以上進めませんでした』

「進めない？」

「ああ、小1時間は迷っていた。本当に島があるのかい？」

ヴァルトの言葉に、首を傾げるイオリ。

「理由は分かりませんが、俺達は迷ったことないですね。すぐ近くですよ。行きましょう」

5分も歩かずに森が晴れて、泉に出た。

「なんだ？　ここは……」

ヴァルトと同様に、残りの2人も口をパカっと開けていた。

「凄いですよね。俺達も初めて来た時は驚きました」

「魔の森にこんなに美しい場所があるなんて……。あの島に行くにはどうしたら良いんだい？」

イオリは泉に近づき、泉の中に手を入れる。

すると、いつものように泉は割れて道が出来た。ヴァルト達は唖然(あぜん)としていた。

平然と歩いていくイオリの手招きに、慌ててついて行きながら質問が止まらない。

「どッ、どッ、どういうことなんだ？　イオリ！」

「分からないんです。たまたま泉に触れたら道が出来たんで渡ってみたんです」

イオリの説明を聞いても理解出来ない男3人。

渡り終えて振り向くと、元の泉になっている。慌てて自分達も手を入れてみたが、何も起こらなかった。

するとルチアが言った。

『イオリはこの場所に選ばれたのでしょう。ここは聖の力が満ちていて、とても気持ちが良いです』

「魔物も泉を渡ってきません。だからこの島は安全なんです。でも、あの洞穴には狭くて1人しか入れないみたいなんです。ここに野宿でいいなら、どうぞ」

イオリが両手を広げて言った。

「十分だ、ありがとう」

そうして初めてのお客さんを迎えることとなった。


島の真ん中に木を重ね、焚き火を始める。もてなそうにも食器が足りない。そのことをイオリが恥ずかしそうに伝えると、

「私達は自分のを持っているぞ。気にしないでいいよ。食べ物も干し肉と木の実がある」

ヴァルト達は、自分達のカップを出した。ホッとしたイオリは、それならばとコンロを出して湯を沸かし始めた。

「魔道具を持っているんですね」

黒髪ストレートロングのトゥーレに話しかけられた。

「はい。俺に冒険をしろと導いてくれた人が、全部譲ってくれまして。助かっています」

「にしてもなぜ、魔の森に？」

今度は赤い短髪のマルクルに聞かれた。

「将来的に冒険者になろうと考えているんです。それをその人に言ったら、修業だと連れてこられました」

微妙に嘘を交えてそう言いつつ、「ごめんなさい、リュオン様」とイオリは心で謝った。

「随分と厳しい、お師匠様ですね」

トゥーレは哀れんだ顔をしてくれた。

「色んな物をくれて、安全な所に連れてきてくれた優しい方ですよ」

ルチアだけがイオリをジッと見つめていた。

イオリは湯が沸いた鍋の火を消し、カモミールを入れて蓋をする。

「それは？」

「カモミールのお茶です。良い香りでリラックス効果があります」

その間にお皿に水を入れ、ゼン、クロムス、ルチアに差し出す。

「お水しかありませんが」

イオリがそう言うと、それを飲んだルチアは耳をピーンとさせ、さらにゴクゴク飲んだ。

「ふふふ。クロムスと似ていますね。同じ反応してましたよ」

少し頬を染めると、ルチアは聞く。

『これは？　なぜこんなに美味しいのですか？』

イオリは困った顔をして答える。

「自然のおかげでしょうか」

３人にカモミールティーをよそって勧めると、３人は恐々と口元に持っていき匂いを嗅ぐ。

「ほぅ……」

息をついてから一口啜(すす)った。

「良い香りだ。紅茶とは違うが、野草にこんな使い方があるなんて……」

「そうですね」

「二日酔いの朝に飲みたいな」

マルクルの言葉に、イオリは別の草を差し出す。

「ああ、それならこっちの方が良いですよ」

マルクルは匂いを嗅ぐと頷いた。

「うん。こっちの方が香りが強いな。これは？」

「ミントの葉です。香りもですけど、整腸作用があって、二日酔いの他にも腹痛にも良いですよ」

トゥーレが尋ねる。

「ミントは消臭として使われていますが、食べられるのですか？」

「そうですね。香りが一番利用されますけど、食べられますよ。風邪(かぜ)の時はミントのお茶を飲むと気分が良く眠れます。まぁそれも、味というか香りを食べるという感じですが……。一口食べてみてください。そんなに悪くないです」

早速、トゥーレが口に入れる。

「確かに、口の中が爽やかになります。微(かす)かに苦味がありますが、嫌な感じではありませんね」

それを聞いて、イオリはニコニコした。

ヴァルトがイオリに声をかける。

「聞きたい。イオリのその知識は師匠からかい？　おそらく、国の機関でも野草が食べられるなんて知らないはずだ」

「そーなんですか⁉　俺にとっては普通だったから……。田舎出身なんです。祖父母に育てられまして、亡くなる前に1人で生きるためだと叩き込まれました。これが常識ではなかったとは……。あっ！　でも、野草は薬にもなりますが、毒にもなります。勉強しないと逆効果です」

今のは嘘ではない。

「そうか、ご両親は？」

「生まれて間もない頃に事故で……」

「すまない……」

「いえ、こうして生きてこれてますし、この子といるので寂しくはないです」

イオリはゼンを撫でた。

「この子は？　ワイルドウルフかい？　従魔なんて珍しい」

『そのようですね。主人の言うことを聞くいい子です。この子がクロムスを助けてくれたそうです』

それまで黙って聞いていたルチアがヴァルトに教えた。

「そうか、ありがとう」

ヴァルトはゼンにも頭を下げた。

ゼンは気にしないでとヴァルトに擦り寄った。

グルグルグル……。

ゼンが盛大にお腹を鳴らした。

イオリは笑いながら、腰バッグからコンロと鍋を取り出す。

「お腹減ったよね。料理の途中だったもんね。今から仕上げるので、皆さんもどうぞ」


イオリが火をつけると、島に何とも良い匂いが漂った。

鍋に入れたラードを溶かして油に戻し、下味をつけていた鳥肉に片栗粉をまぶして揚げる。唐揚げだ。揚げている合間に、オークの下茹でしたスープを塩で味を調(ととの)えて、薄く切ったネギを入れてから、焚き火の側に置いた。

唐揚げが出来ると、次に角煮に火をつけて温める。出来たら3人から預かった皿に盛っていき渡していく。

「見たことがない料理だな」

「はい。でも香ばしい匂いです」

「色のわりに美味そうだよな」

皿を持ち上げ、観察したり匂いを嗅いだりしている3人。

彼らを放っておいて、イオリはルチアに顔を向けた。

「ルチアさんは何が食べられますか？　クロムスはなんでも食べてくれたんですけど」

『私も人と同じ物を食べます。それと、先ほどの水をいただけますか？』

ルチアには角煮と唐揚げと、スープの代わりに水をあげた。ゼンとクロムスにもよそい、最後に自分のを準備してから座る。

「悪いな。イオリの晩ご飯だったろうに」

「いいんです。少しずつしかないですが、召し上がってください。スープもあります。足りなければ木の実と果物があります」

イオリが勧めると、みんなして食べ始めた。

「なんだこれは!?　美味い。なんでこんなに柔らかいんだ？　肉だろう？　臭みもない」

「食べたことがない味です。口に入れたら溶けてしまいました。美味です」

「おい！　こっちのサクサクしてるのも美味いぞ！　酒が飲みたくなってきた」

どうやら3人の口に合ったようだ。

ルチアとクロムスの様子を見ると、耳をピーンと立てて黙々と食べていた。ゼンは尻尾をブンブン振り回して興奮している。

（美味しい！　イオリ凄ーい！）

「ゼン、落ち着いて食べな。ほら、座って」

皆の反応に満足したイオリも、唐揚げを口に入れて顔を綻ばせた。

「美味ーーーーーーーい」


食後、ヴァルトが話しかけてくる。

「美味しかった。あんな料理食べたことがない。イオリ、これは一体なんの肉なんだい？」

「煮込んであったのがオークの肉で、サクサクしている方がロック鳥の肉です」

にこやかに言うイオリだったが、3人は声を上げる。

「「「オークとロック鳥⁉」」」

さらにヴァルトが尋ねてくる。

「どうやって手に入れた？」

イオリは不思議そうにしつつも答える。

「オークは……。クロムスがオークに捕まっていたので、ゼンがクロムスを助けたついでに。そのあとオーク3体ほどに追いかけられて、それも俺の武器で撃ちました。ロック鳥は飛んでいたので撃ちました」

「「「は？」」」

揃って声を上げる3人。

「1人でか!?」

「武器とは？」

「ウチマシタってなんだ？」

3人に囲まれて詰め寄られるイオリ。そんなイオリを守るように、ゼンが間に入って吠えた。

「ヴォンッ!!」

3人は落ち着きを取り戻して引き下がる。

「スマン……」

ヴァルトがそう謝ると、さらに聞いてきた。

「イオリ、ウチマシタとは何だ？　ハンマーか何かかい？」

迂闊なことを言ったかもしれない……と悩みだすイオリ。

すると、ルチアがイオリに近づいて言う。

『このおバカさん達は信用しても大丈夫です。聖属性を神から授かった幻獣の私が、ヴァルトを契約主と認めたのですから』

ゼンを見ると、頷いている。

イオリは腰バッグからスナイパーライフルを出し、説明を始めた。

「これは譲り受けた物です。俺1人しか使えないように改造されているそうです。使い方は祖父に教えられました。遠距離の武器なんです。解体も祖父から学びました」

初めて目にしたスナイパーライフルに3人は目を丸くした。

「これは……？」

「スナイパーライフルと言います」

ヴァルトは興味深そうに手を伸ばす。

「触ってもいいかい？」

触ったことがない素材だった。何よりも物凄い重い。

だが徐々に重さが増し、ヴァルトは持っていられなくなった。

「これをイオリが使っているのか？　随分と重い……」

「重いですか？　俺には羽が生えたように軽いけどな？」

『それがイオリ以外が使えないという制限の効果なのではないですか？　イオリ以外の人間が持つと重くなっていくという』

ルチアの解説に、皆、納得の声を出した。

「で？　どうやって使うんだい？」

トゥーレに問われ、イオリは構えて見せた。

「こう構えてここを指で引きます。で、この細い筒から俺がイメージした魔法が出ます。逆に俺はこれじゃないと魔法が使えません」

するとトゥーレが言った。

「お祖父様は随分と教えが良い。料理などはお祖母様から？　お師匠さんも、イオリを魔の森に置いていくんだから厳しい方かと思っていましたが……イオリを大切にされていますね。よく考えられています」

自分が褒められた以上に嬉しく、イオリは笑顔で返答する。

「はい！　３人のおかげで今の俺がいます」

そんなイオリに３人は感心して、このどこか不思議な少年を気に入ってしまった。そうして３人は顔を見合わせて苦笑した。

そんな人間達をよそに、ルチアはゼンにスンスンと鼻を近づける。

『神獣フェンリル。もしやイオリは神の使徒なのですか？』

（んー？　違うよ。使徒って神様から役目を与えられた者でしょ？　イオリはボクと一緒に自由に生きてって、リュオン様、言ってたもん）

声には出さず、嬉しそうに話すゼン。

ルチアは頷くように口にする。

『愛し子でしたか……。それなら、この聖域のことも理解出来ます。にしても、神の力だけに頼るのではなく、己の知識も豊富なこと……。お２人は、これからどのように？』

（イオリは当分ここにいるって言ってたよ？　いつかは冒険するけど、それはイオリに聞いて。ボクはイオリについて行く。家族だからずっと一緒なの）

ルチアは微笑みながら頷いた。そして、３人の男に一生懸命に説明する少年を眺めていた。

△　△　△

空を見れば暗くなり、すでに星が出ていた。

一同、イオリが淹れたカモミールティーで食後をマッタリと過ごしていた。

「にしても、ロック鳥とはね。オークはDランク冒険者でもギリギリ倒せるレベルだから、これだって13歳のイオリには凄いことだけど。ロック鳥は、Aランクの冒険者が集団で倒すものだ」

ヴァルトの言葉に他の２人も同意する。

イオリは驚きつつ尋ねる。

「魔法ではダメなんですか？　剣士とかは飛んでいる鳥は難しいかもしれないけど」

マルクルが教えてくれる。

「ロック鳥はただの鳥じゃないよ？　魔力も高いから魔力感知されるし、詠唱しながらの攻撃だと聴覚も高いからすぐにバレる。弓に魔力を乗せる方法もあるけど、そんな高度なこと出来るのは高ランク冒険者だね」

トゥーレが続く。

「だからこそロック鳥の素材は希少なので、おのずとギルドでの買取価格も高いです」

イオリは腰バッグからロック鳥の羽を1本取り出した。それは大人1人分ほどの大きさだった。

「「「なっ⁉」」」

「これがそんなに高いんですか？　掃除で使おうとしてたんですけど、やめた方がいいのかな？」

「掃除ですか？」

トゥーレが慌てて聞いた。

「はい。箒っぽいじゃないですか。あとはこーやって、地べたは寒いからお尻に敷こうかと……」

「……ブッ‼　アハハハハハハ」

ヴァルトが笑い転げた。お腹を押さえてヒーヒー言っている。残りの2人は口を開けて、イオリとヴァルトを見比べている。

ヴァルトが話す。

「プププ……。悪い。大人達がヨダレを垂らしてでも欲しがるロック鳥の羽を、箒だ、尻に敷くだと言うから、あまりにもおかしくてな」

イオリは顔を真っ赤にして頭を掻いた。

「すみません。そんな非常識なことだったんですね。どうしよー」

「いや、イオリは悪くない。私は自分達が滑稽だと思ったんだ。イオリは正しいよ。必要なところに利用出来る物がある。それが自然の流れだ。私達はあまりにも俗物過ぎる。いや、参った」

今度は別の意味で恥ずかしくなって顔を赤くした。

ゼンが顔を寄せてくる。

（イオリ真っ赤。暑いの？　暑いの？）

「違うよ！　恥ずかしいの！　もう」

ゼンの毛に顔を埋めるイオリ。

３人の男達はそれを見てまた笑った。ひと通り笑うと、ヴァルトは真面目な顔をして話しかける。

「イオリ。君は街には来ないのかい？　ずっとここにいるつもり？」

男３人の視線を受けて、イオリはしっかり答える。

「いつかは冒険者になるためにポーレットの街に行くつもりですが、今はこの森でゼンと２人で過ごします。俺達はまだ未熟だから、冒険者になる修業をしたいんです」

ヴァルトは目を細めて微笑んだ。

「そうか……。分かった。私達はポーレットで君が来るのを待っている。必ず冒険者ギルドに訪ねてきてくれ」

イオリは笑顔で深く頷いた。

「はい。会いに行きます。ゼンと２人で」

その日はみんなで外で寝た。

星空の下、ゼンに抱きつきイオリは心地よい眠りについた。

6

翌朝、イオリが目覚めると男３人はすでに起きていた。

挨拶を済ますと、コンロに火をつけてカモミールティーを淹れる。

それから、腰バッグからブイヨンを取り出して火にかけ、野菜と叩いたロック鳥に片栗粉を混ぜて小さく丸めて煮ていく。最後に味噌を溶かした。

オーク肉の薄切りに、酒、醤油、ビート糖、生姜を混ぜて焼いていく。

「また、美味そうな匂いだな」

ワクワクした顔をしたヴァルトを見てイオリは笑った。

「はい。味噌汁とオーク肉の生姜焼きです。もう出来ますよ」

昨夜と同じようによそい、食べ始める。

「「「(美味い!!)」」」

男３人の声と、ゼンの心の声が森に響く。２匹のカーバンクルは耳をピーンと立て黙々と食べていた。

その様子を見てニコニコしながらイオリも食べ始めた。

これからヴァルト達3人と2匹のカーバンクルは、魔の森から出なければいけない。

食後、入念な準備をする3人。イオリも狩りの準備をする。ゼンとクロムスは最後だと戯れ合って遊んでいた。

△　△　△

「何度見ようとこれは慣れそうにないな……。まぁ、イオリが安全ならいいか」

イオリはそう言うと、泉に手を入れて道を作った。

「途中まで一緒に行きます。俺達も狩りに行くので」


イオリの先導で、森の中に入っていく。

しばらく歩くと、初めてヴァルト達と出会った場所に出た。

「じゃあ……。俺達はココで……」

イオリが俯きながら言うと、ヴァルトはイオリの頭をクシャクシャと撫でた。

「何から何まで世話になった。クロムスのことといい、一晩泊めてくれたことも、美味しい食事も……」

「いえ……。役に立てて良かったです」

クロムスがヴァルトの頭からイオリの肩に飛び乗ってすり寄る。

「元気でね。もうママ達と離れちゃダメだよ。これお土産、持っていって」

クロムスに葉っぱで作った袋を渡す。

クロムスは匂いを嗅ぐと、耳をピーンとさせてイオリに抱きついた。

イオリは腰バッグを漁ると、ロック鳥の羽を３枚出して３人に差し出した。ヴァルトが首を横に振って言う。

「これは、イオリの物だからもらえない。街に来たら売るなり、素材にして防具でも作るといい。立派な財産だ」

イオリは少し考えて、２枚だけ腰バッグにしまう。

「いっぱいあるから。１枚だけ……」

トゥーレがヴァルトに言う。

「記念にいただいたらいかがですか？　売らずにイオリとの友情の証(あかし)に」

ヴァルトは苦笑する。

「そうだな、いただこう。ありがとう、イオリ」

イオリはパァーッと笑顔になり、またゴソゴソと腰バッグを漁り、今度は木の筒をマルクルに渡した。

「これは？」

「お酒です。俺はイマイチ美味しさは分からないから料理に使ってましたけど、マルクルさん、飲みたいって言ってたから」

「マジか⁉　いいのか？　ありがとう」

トゥーレには葉っぱで包んだ物を渡す。

「昨日の角煮の残りです。皆さんでどうぞ」

「嬉しいです。ありがとう」

ルチアにも筒を見せて、ヴァルトに渡した。

「ルチアさんには、お水を……。気に入ってくれてたから」

ルチアはイオリに近づき擦り寄る。

『ありがとう、イオリ。貴方の修業が上手くいくように、私も祈っています』

「ありがとう、ルチアさん。クロムスと仲良くね」

最後にヴァルトが前に出ると、イオリにコインを渡した。

「イオリ、これを持っていてくれ。ポーレットの街に入る時に役に立つ。俺の名前を出せば良くしてくれる。待ってるからな。ポーレットの冒険者ギルドに来いよ。いつでも待っているからな」

「はい！　ありがとうございます。皆さんもお気をつけて」

「ヴァウ‼」

イオリとゼンが木々の中に戻ると、２人は幻のようにいなくなった。

ヴァルト達はしばらくその場に立っていた。

「消えたな……」

「不思議な子です」

「また会える日が楽しみだな」

ヴァルトの肩でクロムスがカサカサと葉っぱの袋を開ける。

それから興奮しだしてジャンプした。

「おいおい、どーした？　そんなに良い物が入ってたのか？　ん、アメ？　なんだそれ？　1つくれよ。甘っ！　なんだこれ……。アイツ、最後の最後まで驚かせる」

「良い子でしたね。名残惜しい……」

「美味い！　この酒！　やばい！」

トゥーレは呆れた顔をして、早速酒を飲んでいるマルクルを見た。

「貴方……。これから魔の森を抜けて帰るのにお酒飲まないでください」

「ちょっと。戻ってもっともらってくる」

だが、すでに泉への道は閉ざされている。

ヴァルトが声をかける。

「さぁ、帰るぞ。行くぞルチアア。野営地でみんなが心配してる」

『えぇ、帰りましょう。歩きながら大切な話があります。とても大切な話です』

一方、イオリ達は――

「ゼン。良い人達だったね。少し寂しくなっちゃったよ」
『うん。楽しかったね。また、クロムスと遊びたいな』
「絶対に会いに行こう。ポーレットの冒険者ギルドへ」
『うん！　そういえば、ルチアね。リュオン様とイオリが仲良しだってことと、ボクがフェンリルだって分かってたよ。でも、内緒にしてくれた』

イオリは驚いた。

「えー！　そうなの？　ルチアさんって凄いね。さぁ、ゼン、今日も修業しながら狩りだよ！」
『おー!!』

2人は草むらから出てきた大きな熊を見て、ニヤリと顔を見合わせた。

この出会いから再会まで5年の歳月が経つとは、この時、誰も分かっていなかった。

第3章　初めの一歩

7

——5年後。

ドゥオォーーーーーーーン!!

ここは、〝明けない魔の森〟の奥の奥、人なんて全く来ない未開の地。

大きな音とともに、大木が折れていく。

土煙の中で、２つの青い目が光る。

見晴らしが良くなると、馬２頭もあるかという真っ白い狼が、丸太ほどの太さの大きな鳥を踏みつけていた。

大きな鳥はすでに事切れていたが、狼は動かない。

そこに１人の青年が現れ、刃物を出した。……かと思えば、流れるような動きで大きな鳥を解体していった。

「やったな、ゼン！　今日はコカトリスの唐揚げにしよう。菜種油（なたねあぶら）を抽出してあるから帰ったらすぐに使えるぞ」

『やった！　お芋(いも)もちょーだい‼　オクラのネバネバスープも欲しい』

「いいねー。お芋でパンっぽいの作ろう。あぁーーー。米が食いたい」

『イオリ。コカトリスの牙(きば)、拾っといたよ。これ撃って、目も潰してくれたから楽だったよ』

「おぉ！　ゼンが一気に攻めたからね。コカトリス驚いてたね」

その後、２人で泉に戻ると、食事の用意を始めるのだった。


この5年でイオリの身長はグッと伸びた。抱えていたスナイパーライフルも肩にかけて走り回れるようになっている。

ゼンも、出会った子狼の頃が懐かしいくらいの立派なフェンリルになった。

２人は順調に修業に励(はげ)み、攻撃も連携も生活能力なども格段に上がっている。

コカトリスという見た者を石に変える大きな鳥を仕留めた彼らは、唐揚げにして食べて満足していた。

食後、ゼンはパンパンになったお腹を上にしてゴロンと寝転がっている。

『イオリ、明日はどうするの？』

「とりあえず、今は欲しい物はないからね……。明日はお休みにして、今日のコカトリスの処理しちゃおうかな」

『じゃあ、のんびりゴロゴロしよー』

「ふふふ。お腹冷やさないでよ」

そう話しながら1日を終えて眠りについた。

△△△

次の日はゆっくりと起きた。

テントから出ると、太陽の位置が高い。

ゼンは、起きたてからロック鳥の焼き鳥をお腹いっぱい食べて満足したのか、また寝ている。

イオリは、昨日のコカトリスの皮をいつでも使えるように処理していた。

太陽が真上に来た頃、ゼンが耳をピクピクし始め鼻をスンスンさせて起き上がった。

『イオリ。誰かが何かに追われてる。小さい子』

「小さい子？　魔の森に？　見に行こうか」

そう言うや否や、2人の動きは速かった。泉を出て走りだした。さっきまでの天気が嘘のように段々と雨雲が集まってきた。

魔の森の天気は変化が早い。

「急ごう、雨も降りそうだ」

『了解！』

ゼンはイオリを背に乗せ猛然と走りだした。

見渡せる岩山に出ると、２人は目を凝らす。

『あそこ‼』

ゼンが示す場所を見ると、鳥達が騒がしく飛んでいるエリアがあった。

イオリはスナイパーライフルを構え、右目でスコープを合わせる。

２人の子供が手を繋ぎながら走っている。追っているのはオークの群れだ。目を離さずにイオリはゼンに指示を出す。

「ここから撃つよ。ゼンは２人のもとに！　あとで合流するよ。気をつけて！」

『分かった！　行ってくる』

ゼンが走りだしたのを確認すると、イオリはスナイパーライフルでオークに狙いを定めて息を整えた。

そして、静かに引き金を引いた。

△　△　△

2人の子供が一生懸命に走っている。

「はぁはぁはぁ……。頑張って！　追いつかれちゃうよ」

「はぁはぁ……。先に行って。ボクが食い止める」

「ダメ！　離れないって言ったもん」

持っていた武器も壊れた。助けなど求められないこの森でただひたすら走った。

「「あっ!!」」

前を走っていた子供が、騒ぎに驚いて飛び出てきた一角兎に躓いてしまう。

回転しながら転び、後ろを走っていた子が庇うように覆い被さった。


もうダメなんだ……。


そう諦めた時、先頭にいたオークが倒れた。

さらに次々とオークが倒れていく。

2人は、何が起きているのか分かっていない。だが、この機会を無駄にしてはいけないということは分かった。

2人は、手を繋いで走りだす。

しかし次に2人が目にしたのは、真っ白い大きな狼だった。その脅威は、2人に向かって走っている。

あぁ、やっぱりダメなんだ。

腰からヘナヘナと座り込む2人。だが、大きな狼は2人を庇うように立ち、オーク達を威嚇し始めた。

辺りが静かになると、狼は2人を囲むように丸く座り込んだ。

2人は狼を黙って見る。狼は鼻先を2人につけた。

しばらくすると、狼がバッと顔を上げる。そうして木々に視線を向けると、青年が走ってくるのが見えた。

2人の子供は狼にしがみつき、青年が来るのを見ていた。

「無事かい？　ゼンもお疲れ様」

大きな狼が青年に甘えるように擦りつく。

「ここはまだ危ない。一緒においで」

青年が手を出すと、2人は首をフルフルと横に振った。

「んー。そうか。じゃあ、ついて来たくなったら言って。オークを片付けてくるから。ゼンは2人の側にいてあげて」

青年――イオリは2人の視線を感じながら、オークを解体して腰バッグに詰めていった。

（イオリ！）

ゼンが声を出さずに慌てながら言う。

見れば、女の子の方が辛そうに倒れていた。

「はぁはぁはぁ……」

もう1人の男の子は泣きそうな顔をして女の子の頭を撫でている。イオリは女の子の側に行き、おでこに手を当てる。

「熱い……」

女の子の手足を調べ、腕に傷があることに気づく。

そして匂いを嗅ぐ。

「ドクゼリの匂いだ。逃げる時に毒性の植物で切ったんだ。すぐに手当てしないと！」

女の子を抱えると、男の子がイオリの服を掴んだ。

男の子は泣きそうになりながら言う。

「パティ、死んじゃうの？」

「まだ間に合う。君もついておいで」


それからイオリは、ゼンの背中に2人を乗せ、泉に向かって走らせた。

泉が割れて道が出来る。それに驚いている男の子を無視して島に渡った。

すぐにコンロでお湯を沸かし、洞穴から木箱を持ってくる。中に入っている葉っぱを潰しながらお湯を入れ、練っていく。

それを終えると、布を出してその練り物を、女の子の腕に巻いていく。

「これは毒消草。腕から入った毒を浮き上がらせるんだ。熱が下がってくるから、今度はお茶に混ぜて飲めば大丈夫。疲れてた体に毒が入ってビックリしちゃったんだね」

そう伝えると、男の子の方がペタンと座り込んだ。

イオリがコップに水を入れて差し出すと、彼はゴクゴクと飲んだ後、

「うぁーーーーーん！」

と泣きだした。

イオリは男の子を抱きしめ、背中をさすった。ゼンが頬を舐めてやると、疲れていたのだろう、スヤスヤと寝てしまった。

イオリは２人をテントに連れていくとベッドに寝かせ、ゼンに２人を頼み外に出た。

結局、この日は雨が降りだした。

イオリは洞穴の中で小さい焚き火をし、料理を始めた。

△　△　△

日が傾き始めると、ゼンがイオリを呼んだ。

イオリがテントに入ると、男の子の方は起きていた。

「休めたかい？　沢山寝ていたね。ほら、水を飲んで。いっぱい走っていっぱい泣いたから喉が渇いたろう？」

男の子はコップを受け取り、コクコクと飲んだ。

「美味しい……」

空になったコップを渡してくる。

「もっと飲む？」

イオリがそう聞くと、男の子は首を横に振った。

「そうか。俺はイオリ、この子はゼン。２人でここで暮らしてるんだ。君達は？」

「ボクはスコル……。双子のパティ」

これが双子との出会いだった。

この出会いにより、またイオリの人生が変わっていく。

8

日が暮れ始めた頃。

魔の森の小さな泉のテントの中、ボロボロになりながらも逃げていた双子の男の子――スコルは未だに安心など出来ていなかった。

イオリはスコルに尋ねる。

「俺達は修業のために魔の森にいるんだけど、2人はなんで森に？」

だが彼はギュッと手を握ったまま動かなかった。

イオリは無理に聞くのをやめ、スコルの頭を優しく撫でた。

そこへ、双子の女の子――パティが目を覚ます。

「うぅ……。スコル」

「パティ!?」

薄目でスコルの無事を確認したパティは微笑む。

「良かった」

スコルが声を上げる。

「パティ！　パティ！　大丈夫？　この人が助けてくれたんだ。悪い人じゃなさそう」

スコルはイオリを指差した。

イオリはパティに近づき、熱の確認をする。

「やあ、パティ。俺はイオリ、こっちはゼン。気分はどう？　毒の草に触っちゃったみたいだよ。毒抜きをしたんだ。どこか痛いところはないかい？」

パティはイオリを観察するように見ている。そして口を開く。

「ない。苦しくない」

ゼンが心配そうにして、パティに鼻をつける。

「ありがとう」

パティにそう言われ、ゼンは嬉しそうに尻尾を振った。

「パティ。毒抜きはしたんだけど、すでに体に回ってしまった毒も消したいんだ。美味しくないけどこれ飲んで」

コップを渡し飲むのを助けてやると、パティは顔を歪めながらもしっかりと飲んでくれた。

「よく飲んだ。もう少しお休み。スコルも大丈夫だから」

優しく撫でてやると、パティは安心した顔で再び眠りについた。スコルは涙目でパティを撫でる。

それからイオリの方に向き直り、

「ありがとう」

と頭を下げた。

「さぁ、スコル、外は雨だ！　一緒に体を洗ってからご飯にしよう」

イオリはそう言うと、スコルを抱き上げて外に出た。

そうして一緒に雨のシャワーを浴びる。その間スコルは黙っていたが、イオリの言うことを聞いて体を洗った。

その後、イオリの出した服を着た。

「わー。良かった。昔着てた服なんだけどまだ使えたな。よしっ！　次は飯！　ゼンもご飯にするよー」

トマトを潰して作った汁に、柔らかくしたオークの肉を入れる。そうして煮込んだスープと、ジャガイモを潰して焼いたパンもどきを出した。

スコルは恐る恐る口に入れると。２口目から勢いよく食べた。

「おかわりあるから、しっかり食べな」

イオリがそう言うと、ゼンもスコルも頷いた。


食後、スコルに果実水を出してやる。

すると、スコルはポツポツと話し始めた。

「ボク達、アースガイルと魔の森を挟んだ所にある、ミズカルドって国にいたんだ。両親とも冒険者で、ボク達も剣術とか教えてもらって、一緒に行動するようになったんだ。そうしてちょっと前、人間の冒険者と一緒に商人の護衛の仕事をすることになったんだけど……」

そこでいったん切ると、さらに続ける。

「依頼が終わって解散しようとしたら、人間の冒険者が、母さんとパティをよこせって言い始めたんだ。お前らみたいなのは、人間の言うことを聞けばいいって。だから戦ったんだけど、相手の人数がどんどん増えていって、母さんが捕まっちゃったんだ。でも、父さんが頑張ってボク達を逃してくれて、アースガイルに行けって。アースガイルなら、ボク達みたいな者でも優しくしてくれるからって。魔の森は危険だけど、お前達なら大丈夫だって。父さんは、母さんを助けてからあとで行くからって……」

スコルは辛そうな顔をする。

「パティと2人で魔の森に入ったけど、父さん達が心配で引き返したんだ。冒険者達はもういなくなってて、父さんと母さんは道端に転がされてた。近づいたら息してなかったんだ。だから……。パティと2人で穴を掘って2人のお墓作った。その後、父さんがアースガイルに行けって言ったから2人で魔の森に入ったんだ」

彼の目には涙が溜まっていた。

そして絞り出すように言う。

「アースガイルはボク達みたいなのにも優しいって本当？　ボク達、獣人でも生きていける？」

スコルのスミレ色の髪の間からは、綺麗な狼の耳が覗いていた。

イオリは努めて優しい声で話す。

「だから人間の俺が近づいて怯えてたんだな」

「ごめんなさい……」

イオリは、耳を下げて小さく震えているスコルの頭を撫でた。

「いいさ。俺がお前でも同じ反応したさ。俺も田舎者だから詳しくないけど、アースガイルは獣人にも優しいと聞くよ」

イオリがゼンに視線を送ると、ゼンは頷いた。

「魔の森を出るとポーレットっていう街があるらしいんだ。俺はそこで人と会う約束をしてて、随分と待たせてる。一緒に行くかい？」

スコルはガバッと顔を上げた。

「いいの!?」

「ああ。って言っても、パティの体調が戻ってからになるから、少しあとにはなるけどな」

スコルはコクコクと首を縦に振る。

「うん。うん。ありがとう」

「スコルも体力戻さないと。ってことで、俺らも寝るかね」


その後、パティとスコルを小脇に抱えてベッドに移動する。スコルはくすぐったいのか、クスクス笑っていた。

イオリは2人にベッドを譲り、ゼンとモフモフラグに寝転んだ。

「ゼン。いよいよポーレットだよ。ヴァルトさん達元気かな？　クロムスもゼンみたく大きくなってるのかね？」

『楽しみだね。みんなに会えるの？　ポーレットどんな所なんだろう』

まだ見ぬポーレットに思いを馳せつつ、２人は眠りについた。

△　△　△

朝、目覚めるとベッドにいる双子を確認する。

スコルは疲れていたのだろう、グッスリと寝ている。イオリがパティの状態を見ると、随分と熱が下がっていた。

パティが薄目を開ける。

「おはよう。喉は渇いてない？　少しずつ飲んでごらん」

パティは、コップに入れた水をコクコクと飲んだ。

「スコルもまだ寝ているよ。お腹に優しい物を作ってくる。パティも、もう少し寝ておいで」

そうしてイオリは２人をゼンに任せて外に出た。


昨日と違って快晴の空は気持ちがいい。

顔を洗い、コンロに火をつけた。

消化にいいようにポタージュにしよう。そう考えたイオリは、潰したジャガイモをブイヨンとロック鳥の出汁でクックツと煮ていく。

テントの中に持っていくと、双子は2人とも起きて話をしていた。

茶卓に料理を載せてベッドに近づき2人の頭を撫でる。

「スコル、おはよう。ご飯だよ。ささっと食べちゃおう。パティは……。ヨイショ！」

抱き上げげて、茶卓の前に座らせた。

「さぁ、召し上がれ。足りなければおかわりあるよ」

2人は嬉しそうに顔を見合わせる。

スコルが木のスプーンを取って食べ始めた。

「美味しい！」

それを見てパティも少しずつ食べ始めた。1口食べると微笑み、スプーンでゆっくりと食べていた。

(おかわりー)

ゼンは2人に聞こえないようにしつつも元気に言った。

「ゼンには足りないだろ？　あとで肉焼くよ」

嬉しそうにイオリに擦り寄るゼンを見て2人は笑う。

「この子、昨日より小さいね。ワイルドウルフじゃないよね？」

スコルが首を傾げると、パティも首を傾げる。

「ワイルドウルフの大きさじゃなかったよ」

「フフフ。この子は特別なんだ。普段は食いしん坊の甘えん坊さ。……なんだよー。本当のことだろ」

「食いしん坊の甘えん坊」と言われたことに抗議するゼン。

イオリはそんなゼンをワシャワシャと撫でる。


食事を終えてから果物を出すと、パティがイオリに頭を下げた。

「色々とありがとう。スコルから聞いたの、助けてくれたことや、街に連れていってくれること」

イオリは微笑みながら答える。

「いいさ。俺もポーレットに用がある。人を待たせてるんだ。人族だけど良い人達だよ。君達も大変な目に遭ってしまったけど、ここからはポーレットまでは俺とゼンに任せて。と言っても、俺も田舎者だから初めてだし、パティはまずは体力を戻そう」

パティは頷いたあと、急に思い出したように俯いてしまった。

「父さんと母さんの物、何もないの。大切な物、何にもなくなっちゃったの」

スコルも同じように俯いてしまった。

イオリは2人の頭を撫でる。

「そんなことないさ。ご両親がくれた立派な耳も、丈夫な体も、教えてもらった剣術だってあるじゃないか。ご両親が一番大切なのは、2人のはずだよ。よくここまでお互いを守ってきた。これからも、自分自身とお互いを大切にしたらいい」

2人は両目に涙を溜めて、お互いを見て頷き合った。

そしてイオリに抱きついて泣いた。

△　△　△

それから1週間ほどパティは安静にしていた。その間、スコルはイオリの手伝いをしながら、パティの看病をする。

イオリは泉を離れる準備を始めることにした。合間に、お守り程度の剣を作って2人に渡したりする。

そうこうしているうちにパティの体調が戻り、飛んだり跳ねたり出来るようになった。

当初2人は魔法のテントや聖域の泉に驚きっぱなしだったが、すぐに慣れたらしい。なお、食べたことのないイオリの料理に首ったけだった。

いよいよ明日、ポーレットに向けて出発しようと決めた夜。

ヴァルトは歩いて5日と言っていたが、ゼンの足ならもう少し早く着くだろう。一応、作り置きの料理をしておく。

「明日の早朝に出発するからな。準備はいいかい？」

「「うん」」

双子は頷いた。

「じゃあ」

2人に蔓と葉っぱで作った、首に吊るせる小さな袋を渡す。

イオリはニコニコしながら言う。

「これは飴。おやつだよ。向かう道中に食べな、自分の分は自分で管理すること。ゼンのは俺が持ってるよ」

双子とゼンは嬉しそうに頷いた。パティがすぐに袋を開けそうになったから慌てて止める。

「明日から！　早いからもう寝なさい」

双子と1匹はクスクスと笑いながら眠りについた。

イオリは最後に銃の確認をしてから眠った。

9

翌日早朝。

イオリは、葉野菜で肉を巻いた物と果物を双子とゼンに食べさせる。その間に、テントを畳んで腰バッグに入れた。

それから、ニコニコと戯れる双子を見ながらイオリも肉サラダを食べる。

ゼンは双子の前では話さないようにしているらしいが、双子とは意思疎通できているようだ。

「さぁ。そろそろ出発しようか」

イオリは双子をゼンの背に乗せると、泉に手を入れる。

泉が割れて出来た道を、無言で歩いていく。

渡り終わり、足を止めたイオリは振り返った。

「いってきます」

そう言うと、イオリは一度ゼンを抱きしめてから、ゼンの背に乗った。

「さぁ、行こう」

走りだしたゼンを祝福するように泉は光った。だが、その光は何もなかったかのように消えていった……。

しばらく走っていると、ゼンがイオリに話しかける。

（ねー。イオリー。なんか変だ。魔物の匂いも気配もしない）

その不自然さはイオリも気づいていた。

「確かに。さっきから見るのは一角兎やら火喰い鳥で、自分からは襲ってこないヤツばっかりだ。でも気を抜かずに進もう」

（了解！）

前に座る双子を見ても緊張しているのが分かる。

「2人とも。大丈夫？」

双子は笑顔で振り向いて言った。

「「大丈夫！」」

「よし！　それなら1つめの飴を食べるのを許可しよう。これからは、自分でどれくらい食べるか決めなね」

それを聞いた双子は顔を見合わせる。

「「はーい！　やった！」」

双子は自分の首にかかっている袋から飴を出して口に入れた。後ろから見ても喜んでいるのが分かる。耳がピコピコ動いてるからだ。

ゼンにも放り投げると、彼はパクッと口に入れた。

双子はそれを見て、手を叩いて喜んでいる。

ピクニックに行くような雰囲気で移動しているが――ここは、世界でも有数の高ランク冒険者や、国が軍で来るような、誰もが恐れる〝明けない魔の森〟の最奥エリアである。


その後、途中の川で昼食を取り、夜にはテントでグッスリと眠った。

そうして、普通の冒険者が出入りするエリアに着いた。なお、彼らが泉を出発してからたった2日しか経っていない。

「そろそろ、人の気配もしてきたな。ゼン、小さくなっとこうか」

(うん。そうしよう。あと、少しで森が終わるみたい)

双子に声をかけて、3人ともゼンから降りる。

「ゼンちゃん、小さくなった!!」

ワイルドウルフくらいの大きさになったゼンに双子が抱きついた。

双子から「凄いね」と褒められて気分を良くしたゼンは、尻尾で双子の顔をくすぐった。

イオリは、キャッキャと笑う双子の頭に手を置いて言う。

「さぁ、魔の森を抜けるまであとすぐだ。ここからは歩くよ。2人とも気を引き締めて」

「「はーい」」

先頭にゼン、次いで双子、そしてイオリの順に歩いていく。

結局、一度も大型の魔物と遭遇せずに魔の森を出ることができたのだった。

△　△　△

「さてと、森は抜けた。どっちに行けばいいんだ？」

（あっちじゃない？　人が沢山いる感じがする）

ゼンが示す方角を見ても、まだ街らしきものは見えない。

「よしっ！　あっちに行こうか」

イオリがそう言うと――双子が木の剣を構えて殺気を出した。

直後、馬に乗った男達がやってきてイオリ達を囲む。

「おう、兄ちゃん！　持ってるもん全部出しな！　命だけは取らねえで許してやるからよ」

男達はニヤニヤとしていた。イオリは黙っている。

「子供だけでどーにも出来ないだろ。命は惜しいだろ？　言う通り全て渡せ‼」

ヴーヴー唸る双子。

イオリはしっかりと状況を把握し、ゼンに伝える。

「ゼン、そのままの姿で吠えてやれ」

（了解）

何も反応しないイオリに痺れを切らした男の1人が、馬に乗ったまま近づいた時――

「ヴァァン！！！」

ゼンが吠えた。

すると魔の森全体が騒ぎだし、男達が乗っていた馬は失神してしまった。乗っていた男達は転がり落ちる。

それを逃さず、双子が木の剣で男達を滅多打ちにする。

「ぎゃっ！」

「ぐへー」

「痛てーー」

気絶していく男達。

「終わったよー」

双子が無邪気に帰ってくる。

「やれやれ、俺がやることないじゃないか。とりあえず縛っていきますかね」

イオリはそう言うと、蔓で男達を縛り上げていった。

「お疲れ様。縛ってる間に水でも飲んでな」

イオリはそう言って水筒を渡す。そして双子が水を飲んでいる間に、ゼンに馬達を起こすように伝えた。ゼンが吠える。

「ヴォン！」

馬達は次々に起き上がると、ゼンを見た。

「ゼン、こいつら運ぶの手伝ってくれるか聞いて」

ゼンが馬に近づき、スンスンと鼻を鳴らす。

すると馬達はイオリに近づき、頭を擦りつけてきた。

「ふふふ。ありがとう。頼むね」

イオリは男達を馬に縛りつけていく。1頭の馬に双子を乗せてイオリ自身も乗る。

「ゼンはついておいで、馬達を助けてやりな」

(分かったー。みんな、頑張ろー)

△　△　△

馬に乗って少し走りだすと、大きな壁で囲まれた要塞のような街が見えてきた。

「あれか？　ポーレット……。デカイなぁぁぁ」

イオリは感嘆の声を上げた。するとパティが尋ねる。

「アレがそうなの？」

「どうやらそうらしい。想像してたより大きいね」

ポーレットの街は不思議な造りをしていた。

外側には大きな壁。街の奥は、大きな山のようになっている。その裾野には建物が並んでいて、建物は様々な大きさをしていた。

山の側面には壁で覆われたエリアが何個かあり、その中はどうやら畑や広場のようだった。

上の方にも壁があり、そこには大きな敷地があって、中心に屋敷が立っていた。

「大丈夫かな？」

スコルが不安そうな声を出す。

「行ってみよう。怖かったら胸にかかってる袋から、笑顔になる薬を取り出して舐めてごらん」

イオリにそう言われ、スコルはニッコリ笑って袋を漁る。

だが、パティは俯いていた。

「私、全部食べちゃった」

するとスコルが言う。

「小さいのあげる」

スコルはパティの口に飴を入れてあげ、自分も飴を口に入れて、２人でニッコリと笑った。

イオリがスコルの頭を撫で、さらに馬を進める。

しばらくすると、街の方から3人の兵士が馬を走らせてきた。身を固くする双子を、イオリは撫でて落ち着かせる。

「大丈夫。説明すれば分かってくれるよ」

兵士達はイオリ達の側で馬を止めた。沢山の馬を引き連れるイオリを見て、訝しげにしている。

兵士の1人が声をかけてきた。

「これはどうしました？」

「魔の森から出たところで野盗に襲われまして、返り討ちにしました。でも、どうしたらいいか分からず、お伺いを立てようかと思って来ました」

リーダーらしき兵士は縛られている男達を確認する。

「おい！　指名手配されてた奴らだ。これで全員かい？」

「俺達が会ったのは、これで全員です」

イオリがそう答えると、リーダーらしき兵士が話す。

「こいつらは、我々治安維持隊が引き取らせてもらう。魔の森で疲弊(ひへい)した冒険者を狙って襲っているんだ。指名手配だから褒賞金も出るよ。おい、応援を呼んでこい！」

リーダーらしき兵士が、部下に命令する。

応援を呼ぶべくその場を去っていく部下達。報奨金と聞いてイオリは「願ってもない」と伝えたところで、思い出したように付け足す。

「……あの、俺達が乗ってる馬もこいつらのなんですけど」

残ったリーダーらしき兵士は、一度双子を見てからイオリに視線を戻すと、ニッコリ笑った。

「壁門の所で引き渡してくれたらいいよ。子供がいるんだ、遠慮しなくていい。冒険者なのかい？」

「いえ、今回冒険者ギルドに登録しようと思って田舎から来ました」

イオリの返答に、兵士の男は頷く。

「なるほどな。ポーレットは魔の森があるから、冒険者ギルドには仕事が多く集まるんだ。ところで、その子達は君の兄弟？　……ではなさそうだけど？」

その視線は双子の耳に向けられていた。

双子は怯えてイオリを見る。イオリはそんな2人を撫でた。

「この子達は魔の森で会いました。親と死に別れたそうで、この件についても相談しようかと思ってました」

兵士の男は眉根を下げる。

「可哀想に。ポーレットでは、働けない子供は教会に保護されることになっていて、働ける子供は領主様の畑で仕事をしてもらいながら、勉強してもらうようになってるんだ。どちらも悪いようにはされない。法律で決められてるからね。ちなみに冒険者になるのは5歳から許可されてるけど、オススメは出来ないな。危険が付き纏うからね」

兵士の男の言葉に、パティは目に涙を溜めて首を横に振った。スコルは振り返ってイオリに抱きついている。

「どうやら、随分と懐かれたな」

兵士の男は苦笑いをした。

イオリはスコルの背中を撫で、パティの涙を拭いてあげた。

「一応報告しておくと、この男達を叩きのめしたのはこの双子なんです。親から鍛えられてたそうで」

兵士の男が驚いて双子を見ると、２人は気まずそうに目を逸らした。

「それなら冒険者という選択肢もありか。２人だけじゃ不安でも誰かとパーティーを組めばいいし、君が一緒なら２人は安心なんじゃないか？」

兵士の男の言葉に望みを見たのか、２人はイオリに懇願の目を送る。イオリは黙ってゼンを見ると、ゼンは嬉しそうに同意した。

「２人は本当にそれでいいのかい？　知ってると思うけど、俺達はめちゃくちゃだぞ？」

「「イオリがいい!!　イオリといたい!!」」

興奮して馬の上で飛び跳ねる２人。

「分かった。あとでギルドで一緒に登録しよう」

イオリの言葉に、双子とゼンは喜んだ。

兵士の男も嬉しそうに笑う。

「良かったな。……にしても、ワイルドウルフを従魔にしてるのか？　凄いな」

イオリは、事前に考えておいた嘘を口にした。

「この子が小さい時から一緒なんです」

なるほど、と兵士の男は納得する。

すると、応援の部隊が到着した。すぐに縛られていた男達を引き取っていく。

兵士の男が言う。

「俺も報告に戻らなくてはいけない。このまま真っすぐ進めば壁門に着くよ。入門には並ぶと思うけど、君達が受付に来るまでにはこちらも終わらせとくよ。身分証明が出来なければ1人銅貨50枚だけど、あいつらの褒賞金から引いておくよ。それじゃ、もう少しだけど気をつけて。名前はイオリだね。俺はポルトスだ」

兵士の男はそのまま馬を走らせ、一足先にポーレットの街に帰っていった。

見送ったイオリは双子に聞く。

「いい人だったね。どう？　まだ怖い？」

双子は兵士達の背中をじっと見てから、イオリを振り向く。

「うん。いい人だった。でも、イオリの方が好き」

「私もイオリの方が好き」

スコル、パティが笑顔で言った。ゼンも嬉しそうに言って馬の周りを駆けた。

（ボクも！　イオリが好き!!）


その後、城門に向かって馬を進めた。

しばらくすると、人や馬車などの量が増えてきたので速度を落とす。すぐに城門に着き、人の列に並ぶ。馬を降りて歩いていく。

思いの外、早くに順番は回ってきた。

「次！　前へどうぞ！」

イオリは、双子が裾をギュッと握るのに気づいて笑顔で言う。

「大丈夫だよ」

イオリにとって、この世界で初めての街に足を踏み入れた瞬間だった。

第4章　再会　～ポーレット～

10

先ほどの兵士の青年、ポルトスが前に出てきた。

「イオリ君、お疲れ。君達はこちらへどうぞ、馬を預かろう」

ポルトスに言われ、少し奥のテーブルに連れていかれた。

そこには、体格の良い、髭(ひげ)を生やした男が立っていた。

ポルトスがイオリ達を紹介する。

「隊長、連れてきました。指名手配を捕まえた子達です」

男は笑顔で、イオリに話しかける。

「話は聞いている。俺は、治安維持隊の隊長を任されているロディだ。ポーレットに来て早々に大変な目に遭ったな。だが、助かった。ありがとう、感謝する。ここ数週間、被害が出てな、逃げ足も速ければ、アジトも分からない。それで振り回されていたんだ。まずは座って話を聞かせてくれ」

イオリは自己紹介をしたあと、ポルトスに説明したことをロディにも伝えた。

「なるほどな。それなら冒険者ギルドでいいだろう。大の男達をこのチビちゃん達がね……。まぁ、獣人は身体能力が高いからな」

視線を向けられ、双子は顔を背けた。なお、テーブルの下では2人で手を握り合っている。

「それで、俺達はポーレットの街に入れるんですか？」

それにはポルトスが答えてくれた。

「ああ、大丈夫。さっきも言ったように、街への通行料は褒賞金から引いておいた。これが褒賞金だよ。最後に、この玉に手を当ててくれ。犯罪者だと赤く光り、善良な人なら青く光るから」

イオリは双子を見てから、先に手を当てる。玉は青くなった。

双子はイオリを一度見て頷いてから、2人で恐る恐る手を当てる。玉は青く光った。

「これでよしっ！　ようこそ！　ポーレットへ」

その言葉に、イオリと双子は笑顔になった。

「あの。……冒険者ギルドってどこにありますか？　実は人と会う約束をしてまして。そうだ、忘れてた。これを門で見せろとヴァルトという人に言われたんですけど……」

イオリはそう言ってコインを出した。

すると維持隊の2人は、

「「は？」」

と固まってしまった。

しばらくして、ロディが慌てたようにコインを手に取る。

「これは……。本物だ。いつだ？　これを受け取ったのは？」

鬼気迫る勢いでイオリに聞くロディ。

「えっと……。5年くらい前ですかね」

戸惑いつつそう答えるイオリをよそに、ロディが言う。

「ポルトス！　ヴァルト様に待ち人が来たと伝えろ。彼は私が冒険者ギルドに連れていく。急げ！」

「はい！」

イオリが反応に困っていた。

「へっ？　ヴァルトさんって有名人なんですか？」

ロディは苦笑いして答えた。

「まぁな、本人に聞いてくれ。ずっと言われてたんだ、待ち人がいると。来たら伝えてくれって。いや～。いつまでも来ないから忘れてた。右目がうっすらと青く、よく見ると薄い傷がある少年だと……。もう少年って歳ではないか。フー、我々もギルドに行くか」

ロディは街の方へイオリを誘導する。イオリはゼンに首を傾げて聞く。

「どういうことだと思う？」

(分からない……。でも、この人は悪い人ではないよ)

双子は置いていかれては敵わんと、急いでイオリを両側から挟むようにして手を繋ぐ。

イオリは双子の手をギュッと握り返した。

「離れるなよ。人が多そうだ。ゼン、頼むよ」

イオリ達はロディに連れられ、ポーレットでの一歩を踏みだした。


ポーレットの街は山の傾斜を巻くように道が螺旋状になっていて、道に沿って建物やら屋台が並んでいる。

初めは馬車置き場があり、客が乗り降りしていた。

少し進むと、いい匂いのする食べ物や、冒険者の道具が売られている屋台があった。

「うわぁぁ。凄いな」

元いた世界でも田舎育ちのイオリは、大きな街など見たことがない。ゼンに至っては山育ちである。揃ってキョロキョロしていると声をかけられる。

「こっちだ！」

ロディが手招きする方へ行くと、開けた広場に出た。

中央に噴水があって一番目立つ場所に教会があり、その左右に大きな建物がある。

「ここを抜けると今度は店舗のエリアだ。この広場を覚えとけば迷うこともないさ。真ん中のは教会で、右にあるのは商業ギルドだ。商業ギルドは商売に関わる全てを担ってる。でもお前らが用があるのはこっちの冒険者ギルドだ。さぁ、行くぞ」

ロディは左側の建物にズンズンと入っていった。

イオリはあとをついて行き、いったん立ち止まって建物の外観を見渡す。

「来たよ。ゼン。ここが冒険者ギルドだって。どんなことが待ってるんだろ」

(楽しみだね。リュオン様は自由に楽しんでって言ってたよ。行こう、イオリ！)

2人は頷いてニッコリ笑った。

それからイオリは、双子がついて来ているのを確認すると、冒険者ギルドの扉を開いた。

△　△　△

ギルドの中に入る。中は人が少なく閑散としていた。

真っすぐ正面に受付があり、左に行くと飲食が出来るパブがある。昼間の現在もお酒を飲んでいる人がチラホラといる。

ロディはすでに受付におり、肘をついて話をしていた。

「あの子達の登録を頼む。それからギルマスに話を通しておいてくれ。ヴァルト様が来る」

受付の女性はイオリ達を見たあと、他の子に言伝を頼むとイオリ達を手招いた。

「どうぞー」

「3人とも登録したいんです。それからこの子は俺の従魔です」

女性は微笑むと紙を出した。

「かしこまりました。お名前だけでいいのでこちらに記入してください。代わりに書くこともお受けします」

「自分で書きます」

イオリが言うと、スコルとパティが手を挙げて言う。

「ボクも書ける！」

「私もー！」

女性は微笑んで別の紙を用意した。

「じゃあ、お2人もこちらにお願いします」

3人で書き終わった紙を差し出すと、女性は説明してくれた。

「登録欄に職業や武器を登録しておくとパーティーなどに選ばれる際に役立ちますが、いかがしますか？」

イオリは双子と見合った。

「当分は3人と1匹でやるんでいいです。新人同士ですけど、パーティーって組めますか？」

「出来ますよ。まずはFランクからのスタートになりますが、それでよろしいですか？　他のランクの人がいれば、もう少し高いパーティーランクで仕事が出来ますが……」

女性に問われ、イオリは答える。

「はい。良いです。お願いします」

「かしこまりました。では、こちらのカードにそれぞれ1滴ずつ血を落としてください」

3人で女性の言葉の通りにする。

「はい。これで終了です。なくすと銀貨1枚必要になりますのでお気をつけて。新人のパーティーで3人ともFランクです。イオリさんは従魔の登録もいたしました。これからの活躍に期待しています。本日はありがとうございました」

女性の言葉に3人でニコニコ頷き、喜んでいた時だった。

「お前は今すぐにランクが上がるだろう」

後ろから、聞き覚えのある声が聞こえた。

振り向くと、ゼンが嬉しそうに吠える。

「バウ！」

「随分とゆっくりしてたな。また会えて嬉しいぞ、イオリ！」

冒険者ギルドの入り口に、以前と変わらぬ姿のヴァルトが立っていた。

「お久しぶりです！　ヴァルトさん」

イオリは嬉しそうに手を上げると、急いで近寄っていく。すると、ヴァルトの足元からエメラルドグリーンの毛玉が飛び出してイオリに抱きついてきた。

「クロムス!!　お前、大きくなってー。元気だったかい？」

手のひらに乗っていたはずのクロムスは大きく成長していて、重さもあの頃とは全然違った。

「お前だって大きくなったじゃないか！　成長とは恐ろしい。あんなに小さかった少年が、立派な青年になってるんだからな。ゼンも会えて嬉しいぞ。よく、主人を守ってあの森から来たな」

クロムスと戯れ始めていたゼンは、ヴァルトに近寄り、鼻を擦りつけて挨拶をした。

ヴァルトは、イオリの後ろでモジモジとしていた双子を見て言った。

「色々と話すことがあるが、それはお前もだろう？」

「はい」

すると上から声がする。

「だったら上にどうだい」

見れば、2階には屈強な体格の男性が腰に手を当てて立っていた。白髪で眼帯を着けている。

ヴァルトがその男に声をかける。

「ギルマス！　紹介したいと言っていた青年だ」

「ほぅ」

ギルマスと呼ばれた男はイオリを見てニヤリと笑った。

ヴァルトがイオリの背中を押し、受付の後ろにある階段に向かう。

「ロディ、ご苦労様。感謝する」

ロディはヴァルトに会釈して出ていこうとする。

「ロディさん。ご親切にありがとうございました」

イオリが頭を下げると、双子も真似をして頭を下げた。

「これも仕事さ。ヴァルト様の待ち人がいい奴で良かったよ。それじゃまた」

11

イオリは双子と手を繋いで階段を上がった。部屋に入るや否やソファを勧められ、冷たい水を出された。

「改めて紹介するが、この青年が前に話していた、ロック鳥を仕留めた子だ。5年間、魔の森で暮らしていたんだ。イオリ、この厳(いか)ついジジィがポーレットの冒険者ギルドのギルドマスターだ。こう見えても、元はSランク冒険者だったんだぞ」

紹介されたギルマスが白髪頭を掻きながらヴァルトを睨んだ。

「こう見えてってどう見えてるんだよ。よろしくな、イオリ。5年間ずっとコイツにお前の話を聞かされていたんだ。ポーレットでギルド登録してくれて嬉しいよ」

「はじめまして、イオリです。従魔のゼンと、魔の森で出会ったスコルとパティです。先ほど、登録した際にパーティーになりました」

　イオリがニッコリ笑って頭を下げると双子も頭を下げる。

　その時、扉がノックされ、ルチアを連れたトゥーレが部屋に入ってきた。

「トゥーレさん！　ルチアさん！　お久しぶりです」

　イオリがそう言って立ち上がると、トゥーレは目を細めて微笑んだ。

「お久しぶりです。立派になりましたね。逞しくなりました」

『お久しぶりです。イオリ。ゼン。無事に再会出来て嬉しく思います』

　ゼンはルチアに近寄り、スンスンとルチアだけに聞こえるように会話を始めた。すると、我慢が出来なくなったのか、ヴァルトが口を挟む。

「それで一体、どーゆーことだい？　子供が魔の森って」

　イオリは双子にゼンとクロムスと遊んでいるように言うと、ヴァルトに向かって魔の森での出来事を話し始めた。

　一通り聞き終え、ヴァルトが言う。

「……ミズカルドか。昔、大陸では戦争時代があってな。ミズカルドは、身体能力が高い獣人達を兵士として大量に招き入れたんだ。しかし戦争が終わると、今度は野蛮だと虐げ始めた。アースガイルではそんなことはないから、流れてくる獣人もいるんだが。可哀想に……。イオリが面倒を見る気か？」

ヴァルトはイオリを真剣な目で見た。

「はい。と言っても、あの子達は親から剣術を習ってまして、俺が面倒を見るという感じでもないんです。実は、魔の森を抜けた所で野盗に襲われたんですが、ゼンも手伝ったとはいえ、２人で男達を全滅させてました。俺は縛り上げただけです」

「ほぅ……」

ギルマスが感心して双子に目を向ける。トゥーレも驚きの顔を向けていた。

「指名手配犯が捕まったと聞きましたが、イオリ達でしたか。なるほど、あの子達が……」

イオリが改まったように言う。

「これからは、この子達の背中には俺がいます。力を合わせて、なんとかやっていくつもりです」

ヴァルトが頷いて話す。

「私も出来る限りのサポートをしよう。あの時の恩はまだ返せていないしな。ところでイオリ、魔の森で魔物など狩ってきただろ？　ギルマスに見せてやってくれ。いらない素材があれば、ここで売ってもいい」

イオリがギルマスに視線を向けると頷いた。

イオリは腰バッグからここ最近の獲物を出していった。

「俺は解体もするんで部位が多いですけど、中にはしてない物もあります」

次々と、延々と出していく。

これにはギルマスも唖然としていた。初めはニヤニヤしていたヴァルトも次第に口が閉まらなくなっていった。

「こっ、これはいつ頃狩ったんだ？」

「んー。ここ2週間ですかね」

ギルマスの言葉に、事もなげに言うイオリ。

ヴァルトは堪らず叫んだ。

「イオリ！　この量は高ランク冒険者がパーティー組んで行くか、貴族が軍を出して仕留める量だ!!」

「えぇーーー。俺またやっちゃいました？」

大人達は呆れたようにテーブルに載せられた獲物を見ていた。

「コカトリスにワイバーン、ワイルドファング……。おいおいおい！　このゴブリンは普通のじゃなくてハイゴブリンだぞ。いや、こっちのはジェネラルゴブリンじゃないか！　しかも、なんて量だ」

イオリは淡々と伝える。

「基本的には食べるために狩っていたんです。あとは襲われたのですかね。オークもありますけど、食べるんで売りません」

「その他は全部売ってもらっていいのか？」

ギルマスの問いにイオリは頭を下げる。

「はい、これは売ります。お願いします」

「おーい。誰か」

ギルマスが呼ぶと、受付にいた女性が顔を出す。

「ベルを呼んでくれ」


時間を置かずに、男が顔を出した。

「呼びましたぁ？」

「来たか。イオリ、コイツはギルドで解体の部署を担っているベルトハルトだ。ベル！　新人のイオリだ。新人って言っても、魔の森で暮らしてたから詐欺みたいなもんだが、これを見てくれ。イオリが狩って解体した物だ、いくらになる？」

ギルマスの言葉に、ベルはイオリに手を振る。

「どうぞ。よろしくぅ。ベルでいいよー。どれどれ……。うへぇぇ。何これ、君が狩ったの？　魔の森で暮らしてたって言ったぁ？　聞き間違いだよねぇ？　解体も綺麗だ。うん。ざっと見て……。金貨550枚くらいですかねぇ。解体されてない物はまだ見てないんで、もうちょっと値は上がりますけどねぇ」

ギルマスが頷きながら言う。

「金貨550枚……」

するると、イオリがガタッと立ち上がる。

「5500万円じゃないですか！　そんなにもらっていいんですか？」

慌てていると、みんなが笑いだす。

「円？　相場はこんなもんですぅ。ズルもサービスもしてないですよぉ。だから、凄いことなんですよぉ」

間延びする話し方のベルが、紙に何かを書いてイオリに渡す。

「未解体分は少し待ってくださいねぇ。あとはこれを受付と換金所に持っていくと記録が残り、お金がもらえますぅ。作業に戻っていいですかぁ？」

ギルマスに許可を取るベルに、ヴァルトが待ったをかける。

「ちょっと待ってくれ。イオリ。5年前に私にくれたお土産はまだあるのか？」

その言葉にピクッとするイオリを、ギルマスが見た。

「まさか」

イオリは事もなげに頷いた。

「ロック鳥の羽ですか？　ありますよ。あのあとも食べてたんで増えました。出した方がいいですか？」

一度綺麗になったテーブルに、イオリはロック鳥の羽の束をドサッと出した。

「「「………」」」

止まる大人達。

「お肉は食べちゃいました……」

イオリは恥ずかしそうに顔を赤らめて言った。

「「「いや、そこじゃない!!」」」

ギルマスの部屋にツッコミが響いた。

キョトンとするイオリを、ルチアだけが笑って眺めていた。

ギルマスが興奮した声でイオリに言う。

「いや、違う！　そーじゃないんだ。話で聞くのと実際に見るのとでは衝撃が違うな。そもそもロック鳥はAランクパーティーが受ける依頼なんだ！　従魔がいるとはいえ1人でとは……。Fランクにしておけないな。と言っても新人をAランクにしたら周りがうるさそうだ」

悩むギルマスにルチアが言う。

『でしたらCランクでどうでしょう。Fランクは子供が稼ぐ程度。大人はすぐにDかEに上がります。その人達より1つ上のCです。いずれにしてもイオリは、放っておいてもすぐにランクを上げますよ』

ルチアの案を受け、ギルマスは部屋の隅にいた受付の女性に声をかけ、イオリのランクを上げさせた。ついでに、双子もEランクにさせるのだった。

△　△　△

その後、一通り落ち着いてから、ヴァルトがルチアを撫でながらイオリに聞く。

「で、今日はあと、どうするんだ？」

「換金をしてから一度教会へ。その後、この子達の洋服と当面の武器を買いに行きます。そういえばゼンも一緒に泊まれる宿ってないですか？」

それにはギルマスが答える。

「だったら〝日暮れの暖炉(だんろ)〟っていう宿がいい。そこの親父は元冒険者だから理解があるし、何かと役に立つだろう。場所はギルドの裏手辺りだ。行けばすぐ分かる。俺に紹介されたと言えよ」

「ありがとうございます。行ってみます」

ベルと受付の女性が部屋から出ていくのに合わせて、イオリは立ち上がる。双子とゼンも近づき、出る準備をする。

イオリは思い出したようにヴァルトに話しかける。

「そういえばコイン助かりました。お返しします。ヴァルトさんって有名人なんですか？」

腰バッグからコインを出すと、ヴァルトの横にいたトゥーレが声を上げる。

「あれ？　まだ伝えてらっしゃらないんですか？」

ヴァルトは頬を掻いて目を逸らす。

代わりにトゥーレが答える。

「あの時は伝えませんでしたが、ヴァルトは、このポーレットの領主の次男です。私とマルクルはヴァルトの従者という立場です」

驚くイオリ。

「……。えっ？　領主さんって偉い人ですよね？」

「はい、国より公爵を賜っています。ですので、ヴァルトの正式な肩書はポーレット公爵次男、ヴァルト・デュク・ポーレットとなります」

「あっ、だからヴァルト様って言われてたんだ。なるほどなー」

そう言って納得顔をするイオリに、気まずそうな顔をしていたヴァルトは驚いて言う。

「それだけか？『なんで黙ってた？』とか、慌てるとかないのか？」

「へっ？　なんでですか？」

静まり返る部屋で、ルチアが堪らないと笑いだした。

『プププ。あはははは』

それからルチアは説明する。

『ヴァルトは普段、市民に溶け込んで生活してます。そのことに街の者は慣れていますが、新たに知り合う人達はそうではありません。公爵家の者と分かると、媚びて取り入ろうとするか、恐れて離れようとするかのどちらかでした。ヴァルトは怖かったのです、イオリと友情を結べるのか。ヴァルトはイオリを大変気に入ってしまいましたからね』

「ルチア!!　私は別に！」

先ほどまで遠くから見ていただけの双子が、ヴァルトの裾を引っ張りながら尋ねる。

「「イオリ好き？」」

ヴァルトは顔を真っ赤にしたが、しゃがんで双子の頭を撫でながら言った。

「あぁ、そうだな」

「「一緒!!」」

双子はそう言ってニッコリ笑った。

「じゃあ、ヴァルトさんは冒険者ではないんですか？　あの時はなんで魔の森にいたんです？」

ヴァルトは気まずそうに頭を掻く。

「我がポーレット公爵家は、全員冒険者ギルドに登録しているんだ。だから嘘ではない。あの時は、魔の森の様子がここ最近おかしいと報告があって、軍と冒険者共同で調査を行っていたんだ」

「へー、公爵家全員が、それは凄いですね。魔の森の様子？　何かあったかな？？」

ゼンとルチアがイオリに擦り寄る。

（ボク達がこの世界に来たからかな？）

（ヴァルト達には危険な調査でしたが、結果、最高の出会いでした）

イオリは2匹を見ると、微笑んで頷いた。

イオリはヴァルトに向き直る。そして改めて伝えることにした。

「ヴァルトさん。俺としても出会えたことは嬉しく思っています。俺達も5年間ヴァルトさん達に会えることを楽しみに生きてきました。ヴァルトさんが敬(うやま)えって言うならもちろんしますけど、おっしゃらなかったからいいかなと……」

「あぁ、私も嬉しい。あの時と変わらずにいてくれて」

ヴァルトはイオリの肩を叩き、照れたように笑った。

イオリはゼンとルチアに一度目を向ける。そして、ゼンがフェンリルだったことを隠していたのを、ここで打ち明けることにした。

「あの時、伝えてないことがあったのは俺も同じです。ゼン、ご挨拶しようか」

ゼンは嬉しそうにイオリの側に座り直した。

『はーい。みんなー。ゼンだよ。やっとお話し出来て嬉しい！』

ヴァルトをはじめ、双子もトゥーレもギルマスも驚いて固まってしまった。

「「ゼンちゃん、お話し出来るのー⁉」」

双子は興奮して喜んでいる。

「なぜ、ワイルドウルフでは？」

トゥーレが戸惑って聞いてくる。

「ゼンはワイルドウルフではなく、フェンリルです」

イオリがそう紹介すると、一同驚愕した。

「「「「えっ！！！！！」」」」

ヴァルトはパニックになって声が裏返る。

「まさか！　なんで神獣フェンリルが従魔などに？　しかも純白だぞ！」

『本当のことですよ。私は5年前に知っていました。希少なフェンリルです』

淡々と話すルチアに、ヴァルトは食ってかかるように言う。

「なっ！　お前!?　私に言ってなかったぞ！」

『はい、神獣フェンリル様が内緒と望んだので』

「おいーー！」

「「ゼンちゃん凄ーい!!」」

ヴァルトとルチアの言い争いを気にもせず、双子はゼンに抱きついた。

『2人と話せて嬉しい。ボクもイオリが一番好きだよ！』

「「一緒!!」」

戯れるゼンと双子、そしてそれに加わるクロムス。言い合いを終える気配がない、ヴァルトとルチア。現実に戻ってこられないギルマス。

トゥーレはイオリの側に来て言う。

「イオリ……。どーしてくれます？　この、騒ぎを……」

「すみません。ヴァルトさんとトゥーレさんには伝えるつもりだったし、双子にもいずれ明かすつもりでした。一応、ギルマスには伝えた方がいいと思ったんで、今かなと……。いや、何かすみません」

申し訳なさそうに言うイオリ。

トゥーレはハァーと一息ついてから、パンパンパン！　と手を叩いた。

「はいはい、皆さん。お静かに！　いいですか？　ゼンが神獣フェンリルというのは秘密事項とします。ギルマスもいいですね」

ギルマスはやっと正気に戻った。

「あぁ。言えるか！　こんなこと！　人生でフェンリルに会えるとはな」

トゥーレは頷いて、双子の方を見る。

「双子さんもいいですね」

「「はーい」」

双子はゼンに抱きつきながら手を挙げた。

「ヴァルト。やはり、イオリとは一度話し合わなくてはなりませんね」

トゥーレにそう問われ、ヴァルトは頷いてからイオリに伝えた。

「イオリ。一度時間をくれ。相談がある。実は父に会ってほしいんだ」

今度はイオリが驚いた。

「えっ。領主さんにですか？　えー、俺、なんにも礼儀とか知りませんよ？」

「大丈夫です。貴方はそのままで十分です。それに、公爵はそういったことを気にされる方ではありません」

トゥーレがイオリの肩を掴む。

イオリは絶対に断れそうになかった。

「期待しないでくださいよ？」

イオリのため息混じりの答えに、ヴァルトは笑顔になった。

「日はまた、伝える」

「分かりました。じゃあ、今日はこれで。教会にも行きたいですし、宿にも行かないと。買い物もしたいですし」

「あぁ、私も帰らなければ。途中まで一緒に行こう」

未だ混乱中のギルマスに挨拶をしたあと、イオリは双子を連れて階段を下りた。

12

ギルドは来た時と違って多くの冒険者で溢れ返っていた。双子はイオリの手を握る力を強め、イオリの後ろに隠れた。

ギルマスの部屋から出てきたイオリ達を見て、ヒソヒソ話す人も見られたが、彼らの後ろにヴァルトの姿があることでそんな声もなくなった。

その後すぐにイオリは受付で正式なランク上げ手続きをしてもらい、換金所でお金を受け取った。

そうして用事だけ済ますと、足早にギルドの出口へ。

後ろで、ヴァルトが誰かに声をかけられているような気がしたが、そのまま先に外に出た。


外は日が傾き始めていた。

「んー。ちょっと遅かったかぁ。ゼン、教会に行ってリュオン様へ挨拶するのは明日でいいかな」

(今から行っても、ゆっくりお話し出来ないもんね)

「よしっ！　教会と買い物は明日にして、今日は宿に行こう」

「「おぉー！」」

イオリの言葉に、双子も手を挙げて返事をした。

「なんだ？　宿に直接行くのか？」

ヴァルトの声が聞こえ、後ろを振り向く。

ヴァルトがクロムスを抱いて立っていた。その一方で、トゥーレは髪も服もクシャクシャになっている。

「どっ、どーしたんですか？　トゥーレさん！」

「いや……」

口ごもるトゥーレに代わって、ルチアが教えてくれる。

『ヴァルトとトゥーレにご執心（しゅうしん）な女性がいるんですよ。それで、転んだように見せて抱きついてきたのです。ヴァルトはシールドのスキルがあるクロムスがいるので無事でしたが、トゥーレはモロに抱きつかれたうえにしがみつかれたのです』

「へー。クロムスは優秀だねー。良い子だねー」

クロムスは照れたように、クシュッと顔を掻いた。

「いや、イオリ……。私の心配をしてください」

すると双子が、トゥーレの腕をよしよしと擦（さす）る。

その様子を見たヴァルトは満足げに笑った。

「あははは。イオリ、いつものことだ！　マルクルがいたらまた違ったんだがな」

「そーいえばマルクルさんは？　お元気ですか？」

「あぁ、あいつは仕事でポーレットを離れていてな。5日後くらいに帰る予定だ。なっ！」

「えぇ、そうです。イオリが来たことを知れば驚くでしょうね。さぁ、宿に向かいましょう。こちらです」

復活したトゥーレが先導する。

街灯に照らされ始めたポーレットは、昼間とは一味違った。

まだまだ人は減りそうになく、夜の街に繰り出そうとする大人達がソワソワとしていた。

△　△　△

〝日暮れの暖炉〟、と書かれた宿に着いた。

店前では女性が灯りを点けていた。その女性にトゥーレが話しかける。

「ローズさん。こんにちは。部屋は空いていますか？」

「あら？　トゥーレさん。ヴァルト様まで！　どうしたんです？」

「いや、知り合いがポーレットに滞在することになってな。従魔連れの冒険者だから、日暮れの暖炉が良いだろうってギルマスがな」

ヴァルトがイオリ達を紹介すると、ローズは笑顔になった。

「まぁ、可愛いお客様だこと。従魔もいるんですね。２部屋だけ空いてるんです。一番広い部屋が、朝夕のご飯とお湯付きで１人銀貨１枚。ベッド１つの部屋が、朝夕のご飯付きで銅貨50枚、お湯代は別途いただきますがどうしますか？」

イオリは腕を組んで考えた。

「この街に慣れるまでちょっと長めにお世話になりたいんで、１つベッドの部屋に、１ヶ月お願い出来ますか？」

ローズは驚いて言う。

「１ヶ月？　ありがたいですけど、ずっと１つのベッドじゃ大変よ？」

「どうした？」

宿の中から出てきた男が言った。立派なライオンの獣人だった。

双子は咄嗟にイオリの陰に隠れる。

「いえね、彼、ギルマスとヴァルト様達からのご紹介のお客様なんだけど、１ヶ月１つベッドの部屋を貸してくれって。街に慣れるまでっておっしゃって」

ライオンの獣人はイオリと双子に視線を向ける。

「同じ価格で一番広い部屋を用意してやれ。ギルマスの紹介じゃ期待の新人なんだろうよ。飯のあとに部屋に案内するよ。ヴァルト様達もあとは引き受けるよ」

ヴァルトはライオンの獣人に手を振った。

「ありがとう、頼む。イオリ、明日は昼前には会いに来る。街を案内するよ」

そうしてヴァルトは、トゥーレ、ルチア、クロムスを連れ、そのまま帰っていった。


イオリ達が宿に入ると、食事時なのか賑わっていた。

「まずは1週間分もらおうか。あとは延びただけあと払いでいいさ。銀貨3枚でいい」

「本当にいいんですか？　いいお部屋なんでしょ？」

「あぁ。だが子供連れの冒険者だ、サービスするさ。それに、あまり入んない部屋だし、コジモの紹介なら安心さ」

「コジモ？」

「冒険者ギルドのギルマスだよ。眼帯の」

「ギルマスはコジモさんというんですね。ギルマスとしか言われなかったんで。俺はイオリです。スコルにパティ。従魔のゼンです。よろしくお願いします」

イオリは腕輪を出して、銀貨3枚を払った。

「おぉ、毎度！　座っててくれ。飯を運ばせる」

「こっち、どーぞ！」

ローズが呼ぶ方に行くと、丸いテーブルに水が用意されていた。

「ごゆっくり～」

ローズが微笑んで離れていった。

見渡せば、従魔も大丈夫な宿だけあって、冒険者の客の他に、様々な動物や従魔がいた。

「疲れてないか。悪いな、ずっと冒険者ギルトにしかいなくて」

イオリが尋ねると、双子は首を横に振り笑った。

「「結構、楽しかった」」

双子とゼンとたわいもない話をしていると、料理が運ばれてきた。

肉が入った煮込み料理と、サラダと、パンが付いていた。ゼンにも肉を焼いた物を出してくれた。

双子とゼンはお腹が空いていたのか、食べ始めると無言になった。

イオリは、異世界に来てから初めての他人の料理だな、と思いながら食べた。

トマトが絡んだ美味しい肉と、硬いパンだった。


お腹が満たされるとローズが来て、部屋に案内してくれた。

カウンターにいたライオンの獣人に会釈をすると、手を上げてくれた。

「さぁ、どうぞ。ベッドは4つあります。従魔はこちらのマットにどうぞ。お湯はこちらでいつでも使えます。何かありましたら食堂へどうぞ。受付の代わりもしてますから。朝食は6時からです。ごゆっくりしてくださいな」

そう言ってローズは部屋を出ていった。

部屋の点検はゼンに任せて、イオリは桶(おけ)にお湯を張り、双子に下着姿になるように言った。

「さぁ、体を拭くよ。汗もかいたろう？」

双子はキャッキャ言いながら体を拭き、下着のままベッドに潜り込んだ。

「あのライオンの人！　獣人だったね！」

「うん。ここでは獣人は自由なんだね！」

双子は嬉しくて仕方ないようだ。

「魔の森から出て初日だというのに、色々あり過ぎて疲れたな。明日は、起きたらヴァルトさんが来る前に教会に行っちゃおう。さぁ、おやすみ」

いつの間にか、うつらうつらしている双子を寝かせる。ゼンにもおやすみと言い、イオリも眠りについた。

△　△　△

朝、目覚めると、ゼンがベッドに入ってきていた。

まだ時間は早そうだ。

起き上がり、顔を洗って水を飲む。ゼンも目覚めたのか近寄ってきた。

「少し、下に行ってくる。双子を頼むよ。目覚めて2人だけだと寂しがるだろうから」

ゼンを撫で回す。

『分かった。あとでね』


部屋を出て食堂に行くと、人もおらず閑散としていた。

「おぅ、寝れたかい」

「おはようございます。えっと……」

「ダンだ。日暮れのダンって言えば通じる」

ライオンの獣人は頭を掻きながらキッチンから出てきた。

「なぁ、あの子達は……」

ダンがそう口にしたところで、宿の扉が開いて1人の男が入ってきた。

「ダンさん、腹減った。夜勤明けでヘロヘロだよ」

「朝からうるせーな、ポルトス。ここは宿屋なんだから朝は静かにしろよ」

悪態を吐きながらダンはキッチンに入っていった。

「あれ？　君は、イオリ君じゃないか！　ここに泊まってたんだね。無事冒険者になったって聞いたよ。良かったね」

それは、街の入り口で出会った治安維持隊のポルトスだった。

「お世話になりました。ポルトスさん。お礼を言わなくてはいけないと思ってたんです」

ポルトスは頬を掻いて照れを見せた。

「仕事だから気にしないでよ」

そこにダンが戻ってきた。スープとパンを持っている。

「ほらよ、食え。なんだ？　知り合いだったのか」

ダンの問いに、ポルトスが早速スープを口にしながら頷いた。

「昨日ね。指名手配犯を捕まえたのが、イオリ君達なんだよ」

「へー、やるね。うちの客達もやられたらしい。ありがとな」

「いえいえ。褒めるならうちの双子にお願いします」

そう答えたイオリに続いて、ポルトスがパンを口に詰めつつ頷く。

「あの子達が叩きのめしたんだって、犯人達もそう言ってた」

「……。あの子達がねー」

ダンは考え込んで腕を組んだ。

イオリが言う。

「お礼を言うのは俺の方です。お2人には感謝してるんです。ポルトスさんはなんとなく知ってると思いますけど、2人はミスガルドから魔の森を抜けてきたんです」

それから、イオリはダンに双子に起こったことを語った。

「双子のことを吹聴する気はないんですが、お2人は別です。ポルトスさんはアースガイルに来て初めて言葉を交わした人です。この国が本当に獣人を受け入れてくれるのか、不安を持つ中でポルトスさんが優しくしてくれたから、双子は安心してくれました。ダンさんは、いっぱいいっぱいの1日のあと、獣人が自由に暮らしていることを実感させてくれました。宿に受け入れられたことで、双子は嬉しくて興奮しながら眠りについたんです。俺があげれなかった安心を2人が与えてくれたんです。ありがとうございました」

イオリが深々と頭を下げる。

「そうか……。お前みたいな若い奴が小さい子供と冒険者なんてと思っていたが。お前、立派に、あの子達の親をしてるじゃないか。あの子達を保護してくれて、同じ獣人として礼を言う。ここにいる間は頼りにしてくれ」

ダンに続いて、ポルトスは涙目で鼻を啜りながら言う。

「いつも通りの仕事が、あの子達にとってそんなに大事な瞬間だったなんてね、うん。仕事の責任ってやつを思い知ったよ。こちらこそありがとう。俺にも遠慮なく言って」

3人が話し込んでいると、

「「イオリ!!」」

双子とゼンが階段を下りてきた。

双子はそのままイオリにしがみつく。

「おはよう。起きたらいなくて寂しかったかい？　ゼンがいただろう」

双子は顔をイオリに押しつけたまま頷いた。

「クゥーン」

ゼンもイオリに甘えるように擦り寄ってきた。

イオリは、双子とゼンをワシャワシャ撫でる。

「さぁ、昨日親切にしてくれたポルトスさんだよ。挨拶は？」

双子はイオリにしがみついたまま顔を出して言う。

「「おはよう。ポルトスさん」」

ポルトスは顔をクシャッとさせ、双子の頭を撫でた。

「おはよう。よく眠れたかい？」

続いて、ダンを紹介する。

「もう1人、宿屋のダンさんだよ」

双子はダンを見て恥ずかしそうに挨拶する。

「「おはよう。ダンさん」」

ダンはニカッと笑った。

「おう、おはよう。腹減ったか？　座って待ってな」

ダンはそのままキッチンに入っていった。双子をカウンターに座らせ、ゼンを足元に座らせると、
ダンが料理を持ってきてくれた。

双子はダンにお礼を言って食べ始めた。イオリとゼンも食べ始めると、双子は今までの人見知りはなんだったんだと思うくらいに、ダンとポルトスと話した。

特に、パティはスコルの倍は喋る。

2人の大人はニコニコと聞いてくれた。

時間が経つと、ローズも会話に加わった。三角巾を外すと、ローズもライオンの獣人であることを示す耳が露わになった。ダンの奥さんらしい。

他の宿泊客が食堂に来始めると、イオリ達は教会に出発することにした。

13

夜勤明けのポルトスとも別れ、3人と1匹で宿を出た。

朝一番のポーレットの街にもそれなりに人がいた。

人を避けて、教会にやってくる。重そうな扉があって、みんなで押して入る。

外の音が一瞬で消えてシーンとなった。

歩く音もよく響いた。3人と1匹がキョロキョロと見回していると、男性が声をかけてきた。

「おはようございます。何かご用ですか？」

「おはようございます。昨日、ポーレットに着いたばかりなんです。朝早過ぎるかなとも思ったんですが、お祈りをさせていただきたくて」

イオリの言葉に、男性はニッコリ笑って祭壇まで案内してくれた。

「どうぞ。早くに来られる住人の方もいますから気にしないでください。こちらへ」

イオリは膝を突いて目を閉じた。双子は並んでイオリの真似をする。ゼンもイオリの隣で座った。

「ごゆっくりどうぞ」

男性は静かに離れていった。

イオリは手を組んで、リュオン様。リュオンに話しかけた。

(リュオン様。リュオン様。お久しぶりです。イオリです)

祈り始めてすぐのことだった。

体がポカポカ温かくなってきた。

△　△　△

「お久しぶりです。相沢さん。無事に再会出来て嬉しいです。ゼンも大きくなりましたね」

いつの間にか、虹色の髪の綺麗な男性——リュオンが目の前にいた。

ゼンは嬉しそうにリュオンと戯れている。

「相沢なんて言われたの久しぶりで……」

照れるイオリにリュオンは微笑んだ。

「誰が忘れても、私だけは貴方が相沢庵であったことを忘れません。ご両親もご祖父母も貴方が楽しそうに生きていることをお喜びでした」

それを聞くとイオリはクシャッと表情を崩し、泣きそうな顔になった。

ゼンはイオリを癒すように擦り寄った。

イオリは目を拭き、辺りを見渡す。

「リュオン様、ここは？」

教会であるはずなのに、あるのはリュオンが腰掛けている祭壇だけ。

双子も他の物も消えていた。

「時の狭間(はざま)とでも言っておきましょう。現実では時間が遅く動いています。2人のこと、ずっと見ていましたよ。私の授けた力に、驕(おご)らず生きてきた貴方に感銘を受けました。私はこれからも貴方を見守ります」

「ありがとうございます。今までも俺達の生活を助けてくれて」

「サービスです。そういえば相沢さんが引き取った双子の両親ですけどね、無事に天国に送りました。双子が無事で、相沢さんに出会えたことに、感謝と喜びを伝えてほしいと言われましたよ」

イオリは目を見開いた。

「そう　ですか……。冒険者として生きるうえで危険なこともあるかと思いますが、全力で支えると、慈しむと、お伝えください」

「承りました。さぁ、お戻りなさい。また、教会でお会いしましょう」

△△△

イオリが目を開けると、周囲は先ほどと変わらずに教会だった。

ゼンと目を合わせてニッコリすると、双子を撫でる。双子は澄んだ目で見上げてきた。

「行こうか。また来よう」

双子は頷いて立ち上がった。

「もう、よろしいんですか？」

男性がニコニコと近づいてきた。

「少し長めに滞在する予定なのでまた来ます」

「冒険者の方ですか？　どうぞお気をつけて、私はここで代表を務めるエドバルドと申します。いつでもお越しください」

「昨日冒険者になりました、イオリといいます。こちらは従魔のゼン。それとスコルとパティです。よろしくお願いします」

イオリが頭を下げると、双子も頭を下げた。エドバルドは双子の頭を撫でてくれた。

エドバルドに別れを告げて教会を出ると、先ほどよりも人の出が多くなっていた。ちらほらと獣人の姿も見える。

「さて、ヴァルトさん達が来るまでどのくらいあるかな？　宿に戻ろうか」

イオリ達は教会を出て、宿に戻ることにした。

通り道で冒険者ギルドに目を向けると、人が出たり入ったり忙しくしている。

「俺達も装備を揃えたら、依頼を受けよう」

イオリがそう言うと、双子もゼンも大きく頷いた。


宿に戻ると、食堂に人は少なかった。

カウンターに座ると、ローズが水を持ってきてくれた。

「教会どうだった？　綺麗だったでしょう。お祭りを広場でやるんだけど、教会の扉も開放されてとても素敵なのよ。今年は終わっちゃったけどねー」

双子とゼンがあまりにも眠そうな顔をしていたので、イオリは腰バッグから飴を出してあげた。

双子達は嬉しそうに口に入れる。

「あら、なーに？」

ローズが首を傾げる。

「おやつですよ。いります？」

イオリは1つ差し出した。

「いいの？　じゃ、もらっちゃおう。……何これ!?　すんごく美味しい」

興奮したローズの声に、ダンがキッチンから顔を出した。

「なんだよ。うるせーな」

「だって。食べたことないんだもの。甘くて美味しいの。イオリ君これ、なーに？」

パティが手をバタバタさせて答える。

「飴だよ！　イオリのとっておき。でも秘密!!　ねー」

「ねー」

パティはスコルとゼンと顔を合わせる。

「飴？　聞いたことねーな。俺にも1つくれ」

ダンにもあげると、やはりビックリしていた。

「なんだこれは？　ハチミツか？　ハチミツなんてのは貴族しか食べない貴重な物だぞ？」

イオリはまずかったかな？　と顔をしかめて言う。

「ハチミツって蜂の巣から採るトロッとしたアレですか？　だとしたら違います。これは植物とかの蜜ですから、森の中で手に入れたんですよ」

「だったら違うか。植物の蜜か。甘い物はギルドで高く買い取ってくれるが、自分達で食う奴がいたとはな。ワハハハ」

　ダンは笑いだした。

「そーなんですか？　美味しいから自分達で食べてましたよ。今度は考えます」

「それは個人の自由だからいいんだけどな。それより、今度余ったら少し分けてくれないか？　カミさんが喜ぶ」

　最後はコソコソと耳元に言ってきた。イオリはニコニコして頷いておいた。

　すると、ゼンが食堂の中を見ながら言ってくる。

（イオリ、嫌な気配がする。気をつけて。何かしてくる感じではないけど、嫌な感じだ）

「まぁ、今のは目立ってしまったかな。警戒だけはしとこう」

　イオリとゼンが警戒をしていると、大きな声が食堂に響いた。

「イオリ！　ゼン、双子！　おはよう！」

　扉を大きく開けて入ってきたのは、ヴァルトだ。

「おはようございます。ヴァルトさん。あれっ？　トゥーレさんは？」

　ヴァルトはニヤリと笑う。

「仕事を押しつけてきた。あとで合流するだろう。な、クロムス」

　クロムスは呆れたようにヴァルトの顔に頭突きしていた。

「それで、今日は何から見る？」

ヴァルトはイオリに聞きながらクロムスを床に置いた。

クロムスは双子とゼンに挨拶して、最後にイオリにしがみつく。

「服と双子の装備を整えます。昨日、この子達が盗賊ボコボコにして捕まえたんで金はあるんですよ」

イオリはそう口にしつつ、声を張って殺気を出した。

先ほど感じた悪意を威圧するためである。

「そ、うか。じゃあ、もう行くか？」

一瞬戸惑ったヴァルトだが、変わらず笑顔で言った。

「はい！　お願いします。さぁ、みんな行くよー！　ダンさんローズさん、いってきます」

双子も笑顔で手を振るのを見て、ダンもローズもニッコリ笑って見送った。

「「いってらっしゃい」」

ローズがダンに尋ねる。

「ねー。貴方、今のは？」

「嫌なことがあったんだろうよ」

ダンはそう言って、食堂の隅で青ざめていた男達を睨んだ。

「まったく、とんでもねー新人だぜ。ふふふ」

14

「イオリ。今のはなんだったんだ？」

ヴァルトの問いに、イオリはゼンと顔を見合わせる。

「ゼンが嫌な気配がするって言ってたんで威嚇してみました。まぁ、俺が無知だからいけなかったんですけどね、これです」

腰バッグから飴を出してクロムスにあげた。クロムスは飛び跳ね、喜んで口に入れた。

「甘い物がそんなに貴重とは知らなかったから、人前でこの子達にあげちゃったんですよね」

「なるほどな。食堂にいた男達か。まぁ、甘い物は高級品だからな。ハチミツだって手に入れづらい。狙われたんだな」

「貴族の人が利用してるのがハチミツだとしたら、俺のはビート糖です。簡単に出来るんですよ」

なんでもないようにイオリが言うと、ヴァルトは慌てた。

「待て、イオリ。それはお前の大切な知識だ！　人がどこで聞いてるかも分からない」

「んー。でも、作り方さえ知れば、誰でも出来ることですからね。むしろ誰かが作ってくれたら俺も楽です」

ヴァルトは興奮してイオリの肩を掴んだ。

「本当か⁉　だったら、あとでトゥーレを交えて話がある。まだ誰にも話すなよ」

「はぁ……分かりました」


その後はヴァルトの案内で洋服屋に入り、双子とイオリの普段着を買った。

パティはシャツに巻きスカートにブーツ。スコルとイオリは色違いのシャツにズボンにブーツを買い、お店で着替えた。

双子は嬉しいようで、手を繋いでイオリ達の前をスキップしている。

「次は仕事道具だな。少し離れた所に、いい職人がいる。行ってみよう」

「お店じゃなくて、直接職人に頼めるんですか？」

「仕事の出来る冒険者は大体オーダーだ。それにイオリ達は金に余裕あるだろ？」

「まあ、そうですけど、限度ありますよ？」

「そこの親父は別格でな。気に入った奴にしか作らないんだ。こないだ一仕事終わったって言ってたから暇だろう。行くぞ」

ヴァルトは双子の肩を掴んで歩いていく。

イオリとゼンは苦笑してついて行った。

△△△

確かにそれはあった。

〝お断り〟の一言が書かれた紙が貼りつけられた扉は、簡単に人を受け入れてくれそうもない。

その扉が開き、揉める声が聞こえてくる。

「くたばれ！　クソじじい」

３人の男達が出てきて、悪態を吐きながら往来に戻っていった。

そんな様子を見ながら、イオリは片眉を上げてヴァルトを見る。

「まぁ、いつものことだ。おーい。カサド！」

そう言って気にせず入るヴァルトに、イオリ達は二の足を踏む。


中にいたのは、布を首にかけたドワーフの男だった。

「なんだ。ヴァルトの坊ちゃんか。面倒な用なら聞かねーぞ」

「いや、今日は俺じゃない。俺の友人達が冒険者でな、一揃え欲しいんだ」

イオリ達は扉の隙間から、顔を覗かせていた。

「あぁぁん？　なんだよ。冒険者って小僧とチビッコじゃねーか。本当に大丈夫か？」

「大丈夫だ。昨日、こいつは登録してCランクになった。双子はEランクだ。イオリは1人でロック鳥を狩るぞ」

カサドは疑わしげにイオリを睨みつける。双子はすっかりイオリの後ろに隠れてしまった。

「ほう。得物はなんだい？　持ってないようだが」

「俺は武器いらないんです。自分専用のがあるから。これです」

イオリは腰バッグからスナイパーライフルを出す。

カサドは目を大きくして近づいてきた。

「なんだこれ？　見たことがねー」

「スナイパーライフルです。遠距離武器で、弓より飛ぶし、威力があります。譲り受けたんで、どこで手に入れたかは分かりません」

カサドが持つと、ライフルが異常に重くなった。

「うぉ！　これは……。何かしらの付与がかかってるな。お前さん、これでロック鳥を？」

「はい。飛んでるところを仕留めました」

イオリにライフルを返すと、カサドは椅子に座り、腕を組んで考え込んだ。

「……。面白い。面白れーな。兄ちゃん!!　おぅ！　なんでも言ってくれ。アースガイルの名工に選ばれた、このカサドがなんでも用意してやるよ！」

カサドはキラキラした目でイオリを見る。

戸惑うイオリの背をヴァルトが叩いた。

「こう言ってるんだ。なんでも相談したらいい」

イオリは軽量で動きやすい防具を頼むことにした。

ライフルを肩にかけてもいいような物で、２丁拳銃も体に付けられるようにベルトも頼んだ。

全てを隠せるように、マントもあったらいいとカサドが言ったところ、イオリはなるほどと頷いた。

「んで、チビッコ達は何がいいんだ？」

ワクワクし始めていた双子に、カサドは笑顔を向ける。

「カサドさんに教えてあげて」

２人は工房の壁を見渡し、それぞれ指差した。

「パティはこれ！」

「スコルはこれ！」

パティは双剣を、スコルは長刀を選んだ。

大人達は驚いて聞き直す。

「本当にこれでいいのか？　坊主の方は引きずっちまうぞ？」

「ボク達、武器は背中に背負うの。パティは父さんと同じで、ボクは母さんと同じだよ」

身振り手振りで伝えている。

ヴァルトはイオリにこっそり囁いた。

「なんていう教育だよ。あの子達はだいぶ幼いだろう？」

それにはイオリも笑った。

「強者の片鱗(へんりん)は見てますから」

そしてカサドにも分かりやすく伝える。

「双子の言う通りにしてやってください。ちゃんとお金はお支払いします。防具は俺と同じく軽量で、素早さを重視してください。２人とも回避特化の戦い方なので素早いんです」

カサドは納得して腕を組んだ。

「威力より手数だな、分かった。双子も面白いな。悪いが1週間くれ。材料も集めんとな」

そう嬉しそうに話すカサドに、イオリは手を挙げて言う。

「あっ！　この中で使える物ありますか？」

そうして腰バッグから、ゴロゴロと石やら魔獣の部位など出していった。カサドとヴァルトは唖然と見ていたが、噴き出すように突然笑いだす。

「なんつー、ルーキーだよ。お前さん、ダンジョンかどこかで生まれたのか？　なんてな。ワハハ」

「いや、イオリは魔の森育ちだ」

ヴァルトの言葉に、カサドは首を傾げる。

「あっ？」

「だ・か・ら！　イオリは、明けない魔の森で育ったの！」

「バケモンかよ。ワハハハ！　ますます気に入った。材料代はこれでいらねー。あとは1人銀貨1枚もらおうか？」

それにはイオリが、驚いて手を振る。

「いや！　流石に安過ぎです。名工さんなんでしょ？　ちゃんと払います！」

カサドは息を一つ吐くと、真面目な顔をした。

「いいんだ。名工だなんて言われて、何人もの有力な冒険者が来たが、創作意欲が失われていたんだ。こんなにワクワクしたことはない。俺のまだ知らない世界を、お前さん達は教えてくれた。申し訳ないって思うんなら、これからも俺を使ってくれ。期待に応える働きをしよう」

それを聞いて、ヴァルトがイオリに言う。

「彼の願いを聞いてやってくれ。私も、こんなに生き生きしたカサドを見たのは久しぶりだ」

そう言われたら、イオリは拒否が出来ない。

「長いお付き合いをお願いします。貴方に恥じない仕事をします」

そう頭を下げるイオリ。

双子もイオリを真似して頭を下げると、カサドの笑い声が工房に響いた。

15

カサドの工房を離れ、ヴァルトが「次は」と言っていると、怒った顔のトゥーレが現れた。

「ヴァルト！　貴方！　全部私に押しつけて！　私だって、イオリや双子と街を歩きたいんですよ？」

「まぁまぁ、悪かったって。イオリがカサドに気に入られたぞ。ここ最近では見ないやる気だ」

それを聞き、トゥーレは顔を綻ばせてイオリの肩を叩いた。

「そうですか。最近のカサドのことは心配してたんです。良かった。これもイオリのおかげですね」

「イオリのおかげと言えば、トゥーレに聞いてほしいことがある。他の人に聞かれたくないが、教会の代表にも聞いてもらいたいから、教会に行こう」

「フム、それなら屋台で食べ物を買っていきましょう。皆さん、お腹減っているでしょう」

屋台と聞いて、双子、ゼン、クロムスが喜んだ。

実はイオリもワクワクしていた。

「そうだな、行こう」

「はい。スコルとパティは離れないように手を繋いで歩いてね。ゼン頼むよ」

「『はーい』」

クロムスも一緒に手を挙げていた。

△　△　△

屋台エリアはいい匂いが充満していた。

イオリが興奮して辺りを探しだす。

「スパイスの匂いがする！　どうしても森で見つけられなかったんですよね。あと、米とかあるかな。小麦粉とか……。あぁ、ヤバイ。誘惑が」

珍しく落ち着きのないイオリを見て、他の面子は苦笑いをする。あぁ、これは長くかかるなと分かったためだ。

「イオリ。一応、先に食事と話をしましょう。屋台は夜までやっていますよ」

トゥーレが遠回しに揶揄すると、顔を赤くして振り向くイオリ。

「すみません……」

「『イオリ、顔真っ赤!!』」

双子の言葉にみんなで笑った。

この時、イオリは屋台を見て気づいた。この国は、焼くか煮るかの調理法しかないらしい。

その後、串焼きやオークの煮込みなどを買って、教会に向かうのだった。

△△△

「これはこれは、ヴァルト様にトゥーレ様。それに、貴方達は……。朝いらした」

教会の代表であるエドバルドが言葉に詰まったところで、イオリ達が言う。

「はい。お世話になりました。イオリです」

「パティ！」

「スコル！」

「「ゼンちゃんとクロムスちゃん」」

双子は自己紹介のあと、ゼンとクロムスを紹介した。

エドバルドは微笑んで頷く。

「そうでしたね。思ったより早く再会出来ました。どうされました？」

ヴァルトが前に出る。

「少し内密に話がしたい。代表にも聞いてもらいたいんだ」

「分かりました。どうぞこちらへ」

案内されたのは、奥にあるテーブルが大きい部屋だった。

「悪いな、昼食がまだなんだ」

部屋に入り、そのテーブルに屋台で買った物を並べる。

エドバルドは笑いながら水を汲んでくれた。

「構いませんよ。お子さん達もいるんです。遠慮なさらず」

双子達に食べさせ始めると、ヴァルトが話を進める。

「代表に話す前にイオリ。このポーレットの街の造りについて、どう思った？」

その質問に、イオリは予てから思っていた疑問を口にした。

「変わってるなー、と思っていました。全貌は分からなくても、上に行けば行くほど畑でしたよね？　頂点のお屋敷は領主さんのでしょうが、その他の広場にも意味があるのかな？　とは考えていました」

その答えを聞いて、ヴァルトは頷く。

「それはな、魔の森が影響しているんだ。稀に、魔の森の魔物達は暴走する。量が増え過ぎたからとも魔素が増えたからとも言われているが、詳しいことは分かっていない。でも、確実に暴走する。そうやって魔物がこの街を襲ってきた時に対処するため、城壁やら特殊な造りやらが整備されているんだ」

なるほど、とイオリは理解した。

「上の広場は市民の避難所で、畑があるは籠城する事態になっても耐えられるようにするためですか？」

イオリの答えに、エドバルドは感心し、トゥーレは微笑んでいた。ヴァルトは満足そうに頷いている。

「話が早くて助かる。我々ポーレットの民は、魔の森のおかげで潤いがあることも確かだ。しかしな、襲撃されるたびに蹂躙されてしまうのを、運命として受け入れるわけにはいかない。だからな、長年かけて今の形になったのだ」

イオリが頷くと、ヴァルトはさらに続ける。

「言うまでもないが、畑はイオリが言っただけのものではなく、様々な機能を持っている。アースガイルでは奴隷制度を採用している。それは、虐げるということではない。生活が出来ず借金を抱える貧しき者と、人材を求める金持ちとの共存の形なのだ。虐げるのは罪となる。まぁ、犯罪奴隷などもいるがな」

イオリはリュオンの言葉を思い出していた。

「しかし、このポーレットの街には奴隷商人はいない。なぜなら、金に困った人間は、我々公爵家が雇い、畑の仕事を斡旋するからだ。……回りくどくなってしまったがな、畑は、その人達の働きで出来ているんだ。それだけじゃない。親がなく引き取り手のない子供達は教会に預かってもらい、教育をする。冒険者になる者もいれば商人なる者もいる。その勉強の合間に畑で働き、自分達の食い扶持を稼ぐんだ」

よく出来ている仕組みだなとイオリは思った。そうして、ヴァルトがイオリに頼もうとしていることを先回りして理解し、イオリは頷いて言う。

「いいですよ。教えます。その人達に例のアレを作ってもらう気なんでしょ？」

ヴァルトは目を見開いて立ち上がった。

「そうか！　教えてくれるか！　一応、代表に詳細を話し、父に許可を取らなければいけないが、感謝する」

そこで、ヴァルトは改めてエドバルドに話を始めた。

「見てもらいたい物がある。イオリ、まだあるか？」

「はい、どうぞ一つお試しください」

飴を出すと、エドバルドは不思議そうに掴んで首を傾げた。

トゥーレはその正体を知っているため、納得していた。

「これは？」

「舐めてみてください。まるっと口に入れて」

イオリの勧めに、エドバルドは飴を口に入れる。すぐに驚いた顔をして固まるエドバルド。

スコルとパティはクスクスと笑う。

「美味しいよね。飴」

「ねー」

エドバルドが言う。

「飴ですか？　とても甘い。ハチミツなのですか？」

「いいえ、これは砂糖と呼ばれる甘い物を利用して作ったお菓子です。砂糖はある植物から作れます。原材料は魔の森で見つけられるので一般流通も夢じゃありません」

「甘みのある食材は高価な物しかないが、それを気軽に使う？　そんなことを実現する方法を、貴方は知っているんですか？」

さらに驚いた顔を向けるエドバルドに、イオリは照れて答える。

「俺は田舎者なんです。田舎ではなんでも自分達で作ります。甘い物が高価だと知ったのもさっきです。知らずに人前でその飴をこの子達にあげた時、人の悪い感情に触れました。だけど、砂糖が一般に流通するようになれば、そんなことにはならないでしょう。領主さんが公で扱ってくれて、しかも人の役に立つなら、こんなに嬉しいことはありません」

そう言いきったイオリ。

エドバルドは立ち上がって、イオリの手を握った。

「初めてお会いした時から、何か心を揺さぶられておりました。リュオン様が貴方に会わせてくださったのでしょう」

ヴァルトはトゥーレに顔を向けた。

「というわけだが、出来ると思うか？」

「先ほどイオリが言っていた原材料が気になりますが、いずれにせよ大事（おおごと）になることは間違いないでしょう。旦那様に話を通す前に、お兄様のニコライ様に見ていただいたらいかがでしょう？　ご相談に乗ってくれるでしょう」

「そうだな、話を通しておこう。イオリ、暇な時でいい、兄に会ってくれないか。その時まで原材料と作り方は教えなくていい。代表も内密に頼む」

「分かりました、お任せください」

エドバルドがしっかり頷く。

イオリはゼンと双子に相談すると、彼らは簡単に了承してくれた。

イオリはヴァルドに返答する。

「カサドさんに頼んだ物が1週間待たなくちゃいけないんで、それまで生活雑貨を買おうとしてたんですよ。何にしても急ぎの用事もないので、いつでもいいですよ」

「それなら明後日にしよう。今日、明日は買い物に時間を使おう。折角（せっかく）ポーレットに来てくれたのに、私が振り回して悪いな」

ヴァルトが申し訳なさそうな顔をすると、ゼンがヴァルトに、気にしないでと鼻を押し当てた。

ヴァルドはエドバルドに言う。

「じゃあ、代表。明後日もここを借りたい」

「承知しました。お待ちしております」

エドバルドに別れを告げ、昼食を取り終わった双子とゼンを連れ、一行は買い物に戻った。

16

屋台エリアに戻ると、イオリは先ほど嗅いだ、スパイスの匂いを頼りに、目当ての物を探し始めた。

「あった！　スパイスだ。おばさん、これは？」

「ああ、これは虫除けだよ。魔獣除けにもなるから冒険者には人気だよ。火で焚くんだよ」

「えっ。そうなの？」

イオリが鑑定すると、ターメリック、クミン、ナツメグ、コリアンダー、レッドチリ、シナモン、カルダモンと書いてあった。

「やっぱりそうだ。おばさん、全種類ください」

「へ？　全部かい？　毎度あり！　いいけど、どんな魔獣を狩りに行くんだい？」

冒険者の常備品とあって値はそんなに高くない。全部で銅貨20枚だった。

イオリはおばさんの質問を笑って誤魔化し、別の質問をする。

「次は、小麦粉ないかな……。おばさん、パン作る粉ってどこに売ってる？」

「パンかい？　1ブロック先だよ。作るのかい？」

「うん！　ありがとう」


「小麦粉♪　小麦粉♪」

ソワソワと先を急ぐイオリの後ろを、男2人と双子と従魔2匹が、呆れた顔をして追いかけていた。

「なんだ、あれは？」

「なんだか、イオリが年相応に見えてきました」

「「イオリ楽しそう」」

『森で欲しい物を見つけると、いつもあんな感じだったよ。夢中になって周りが見えなくなるの。その間、ボクが魔獣をイオリに近づけさせないんだ。全く、イオリはボクがいなくちゃダメなんだから』

ゼンの言葉に、大人2人はため息を吐いた。

『でも、あの感じのあとのイオリは、すんごい美味しい料理を作る』

「本当か!?」

ヴァルトは笑顔になった。

「あの時の、食べ物が忘れられないんだ。何度夢に出たか」

「確かに。イオリの料理の腕は、王都の料理人も驚くでしょう」

トゥーレが同意すると、パティもスコルも身振り手振りを交えて言う。

「イオリの料理好きー」

「宿のも好きだけど、イオリが一番」

「「ねー」」


イオリが進む方向は人が多くなってきたため、ヴァルトがスコルを、トゥーレがパティを抱っこして、ゼンの背中にはクロムスが乗って進んだ。

「あったー！！　小麦粉！　お兄さん、これください。いっぱい！」

「毎度！　なんだ兄ちゃん、料理人かい？」

「違うけど、好きなんだ、料理！」

「そうかい。1俵くらいでいいかい？」

「うん。ありがとう。それと米ってないですか？　小麦みたいなやつ」

「コメ？　これかい？　家畜が食うやつ」

少し離れた袋から、店主が掴んで見せてきた。

「これだーーー！　お兄さん！　これもください。２俵くらい！」

「悪いなー。兄ちゃん。これは客が決まってんだ。酪農家のおっさんの注文品なんだよ」

「そっか……。お米食べたかった……」

「え……。食うの？　もっといいもん食えよ。冒険者だろ？」

「いいの！　これ、手に入れるにはどうしたらいい？」

「家畜用だからな。注文なら受け付けるけど……。本当に欲しいの？」

「欲しい！　２俵でも３俵でも！」

「分かったよ。ちょっと時間くれよ。冒険者だよね、だったら、手に入ったら冒険者ギルドに言付けしとく。沢山買ってくれたしな。コメは前払いだが、全部で銅貨50枚でいいよ」

「いいの？　ちゃんと払うよ？」

「いいって持っていきな。イベントリ持ちかい？　便利でいいね」

「ありがとう。また来ます！」

「おぅよ！　またな！」

いそいそと離れるイオリ。今度は金物屋エリアに足を向けている。

「おい、聞いたか？　家畜用って聞こえたぞ？」

「えぇ、聞こえました。確かにコメは家畜用の餌です。食べるんでしょうか？」

「「イオリ嬉しそう」」

『コメはね。それこそイオリが夢にまで見た食べ物だよ。故郷の味だって』

「家畜の餌がぁ？」

不安そうなヴァルトの言葉に、ゼンはニヤけたような口調で言う。

『そんなこと言っていいの？　イオリはあの顔をすると……』

「「「美味いものを作る！」」」

双子だけでなく、ヴァルト、トゥーレまで声を揃えた。

『その通り！　行こう！　イオリどんどん行っちゃう！』

△　△　△

キョロキョロと頭を動かすイオリは、人混みの中を足早に進み、金物屋を覗いた。

「寸胴(ずんどう)!!　この大きさの鍋、欲しかったんだよ。おじさんこれください、3つ！」

「なんだ兄ちゃん。店でも始めんのかい？　毎度！　他は？」

「包丁ありますか？」

「こっちだ。逸品(いっぴん)揃いだよ」

「これ！　これが欲しいんだ！」

イオリが選んだのは、中華包丁のような大きな包丁だった。

「あいよ。こいつはこの重みも大事でね。肉の塊にも負けないよ」

イオリと店主が会話をするのを見ていたスコルが、ヴァルトからスルスル降りる。そうしてイオリにしがみつくと、おねだりし始めた。

「スコルも包丁欲しい。イオリと料理したい！」

イオリは笑顔で頷く。

「おじさん。子供が持っても危なくない小さめのある？」

店主はペティナイフくらいのを出す。

「これはどうだい？」

スコルは嬉しそうに持ち、イオリを見上げた。

「剣もそうだけど、包丁はちゃんと手入れをしないといけないんだ。自分でするんだよ？」

「うん、ボクやるよ」

イオリの問いにスコルが答える。

イオリは金物屋の主人に言う。

「それじゃあ。おじさんこれもください」

「毎度！　坊主。大切に使えよ」

「うん！」

「他にも解体用とかあるけど見ていくかい？」

金物屋の主人に問われ、イオリは断ろうとする。

「いや、解体用はあるから……」

「パティ欲しい！」

パティがトゥーレから降りてイオリに走り寄って、手を挙げてアピールする。

「パティが解体したのをスコルが料理するの！」

鼻息荒く言うパティに、イオリは顔をしかめる。

「えっ、女の子が血みどろって、嫌なんだけど」

「イオリは血みどろにならない！　パティもイオリみたいにやる！」

「それは、慣れてるからで……」

「パティも練習する！」

パティが真剣に言うので、イオリは膝をついてパティの目を見た。

「いいかい。俺らは生きている魔獣達の命を取って、その血肉をいただいて生きてるんだ。解体はその魔獣達を余すことなく利用するための技術だ。それをパティは出来る？」

「私、やるよ！　イオリみたくなるよ」

イオリは考えたあと、金物屋の主人に向かって言う。

「おじさん。皮剥きに使う刀をください」

「了解。通常より切れるから扱いに気をつけてな」

パティは緊張した顔をして、刀を手に取った。そうして手首を動かしている。

嬉しそうなスコルとパティはヴァルトとトゥーレの所に戻ると、ニッコリ笑って言う。

「『イオリを手伝うの』」

引き続き、イオリは物色を続けている。重い鉄の鍋を持ち上げながら聞く。

「おじさん、これは？」

「煮込み用だな。焼く煮込むが1つで出来る。ただ、重いのが難点だな」

「重いのがいいんだよ。おじさん蓋はないの？」

「鉄のか？　蓋なんて木に決まってるだろ。別売だけどいるかい？」

「鉄の蓋はないのか……。木の蓋2つくれる？　寸胴にも合うよね？　全部でいくら？」

「随分と買ってくれたから、蓋はおまけにするよ。包丁が高いんだ。全部で銀貨2枚でどうだい？」

「十分ですよ。ありがとう」

銀貨2枚を渡すと、またおまけだと木のヘラとおたまを付けてくれた。礼を言ったイオリは、彼を待つ4人と2匹のもとに戻るのだった。

ヴァルトが声をかけた。

「もういいのか？」

「欲しい物はまだまだあるんですけど、何よりもカサドさんにお願いが出来てしまって。すみません、俺ばかりの用事で。双子もゼンもクロムスもごめん」

「いいさ、ゼンが言ってた。美味い物を作るんだろ？」

ゼンを見ると、胸を張って見てきた。

イオリは照れてゼンを撫で、顔を赤くした。

「はい……」

「イオリの料理好き。食べたことない物ばかり」

「久しぶりに明日、何か作ろうか？」

双子の言葉にやる気を出していると、ヴァルトとトゥーレが、自分達も食べさせろと言うので了承した。

△　△　△

カサドの工房に向かう途中、イオリは一つの屋台から足が動かなくなっていた。

「イオリ？　あれか？　あれは牛の乳だ。あれ自体は日持ちがしなくてな、その日に使いきるぐらいの料理屋とかしか買わない。日持ちのする固形のがあるが、臭い(にお)がキツいしボソボソして美味しくないいんだ」

イオリは呆然として、そう言ったヴァルトを見る。

「ボソボソして美味しくない、固形？」

一瞬で正気に戻ると、屋台に向かって走っていった。


「あの！　牛乳が売ってるって聞いたんですけど！」

「んぁ？　あぁ、そうだよ。初めて見る顔だな。兄ちゃんは料理屋の人かい？」

「違いますけど、料理に使いたいんです」

「そうかい、どのくらいいる？　鍋いっぱいかい？」

「イベントリがあるんでこれにいっぱいください」

先ほど買った寸胴を出した。

「えっ。本気かい？」

「ええ、お願いします。あと、日持ちするのがあるって聞いたんですけど？」

「あぁ、あるよ。でも人気がなくてね。味見するかい？　少しでも買ってくれたら助かる」

青年が出してきた塊は、紛うことなきチーズだった。

鑑定してから一口もらい、味を確かめる。

「ゴーダチーズだ……。これ、どのくらいありますか？」

「ん？　売れないからねー。あと15個かな？　買ってくれんの？」

「全部ください」

「ん？　……はぁー⁉　全部⁉」

「はい。全部ください。もったいない！　これの食べ方を知らないなんて！」

「ありがとう……。いや、作ってる俺でさえそんなにだよ？」

「はぁー⁉　こんなに素晴らしいのに！　何言ってるんですか？　この風味の良さや食べ方自体が知られていないんですね。明日時間ください！　食べ方教えます！　全くなんてこったよ。これの美味しさを知らないなんて‼」

その様子を見て、ヴァルト達は呆れて見ていた。

「怒ってるな」

「怒ってますね」

「「怒ってる」」

『初めて見た』

「ゼンでもか？　アイツの怒りのポイントはどこだ？」

「「「『プププ』」」」

笑われているとは知らずに怒るイオリ。屋台のお兄さんは戸惑いながらも、そんなイオリに応対している。

「兄ちゃん。じゃあこっちもいるかい？」

見せてきた竈（かまど）の中を鑑定して、イオリは声なき悲鳴を上げた。

「こっこれは!!　生クリームじゃないか！　どうしたんですか？」

「なまくりーむ？　ともかくうちにいる、乳牛のうち数頭から採れるんだが、乳以上に日持ちがしないから売れないんだ」

どうやらこの世界では生クリームは牛から直接採れるらしい。

イオリは再び声を上げる。

「はぁぁぁ!?　何言ってるんですか？　こんなに素晴らしい物を！　当然！　これもいただきます！　全部でおいくらですか!?」

「兄ちゃん！　金はいい！　使い方を教えてくれ！」

「何言ってるんですか？　こんなに素晴らしい物を！　ちゃんとお金取らなきゃだめですよ！　銀貨1枚でいいですか？」

「そんなに!?　いいのか？」

「もちろんです！　明日10時に壁門の所に来てください。使い方教えますから！　絶対ですよ！俺はイオリです」

「俺はカッチェだ。分かった。10時に行く！」

「それじゃ！」

半ば怒りながら、イオリは屋台から離れた。

「今のはなんだったんだ？」

「さぁ？　イオリどうしたんですか？」

ヴァルト達に問われ、ムッとしているイオリは声を潜めて言う。

「だって！　自分の商品が宝だってこと知らないんですもん！　俺はこれを5年間探してたのに！」

プリプリしながらカサドの工房に向かった。

後ろからついて行った面々は苦笑しながら続いた。


「すみませーん。カサドさーん！」

カサドの工房の扉を叩くと扉が開く。

「すまんが、今は仕事を受けん！　って、イオリじゃないか？」

イオリはカサドの肩をしっかり持って、切羽詰まった顔で言った。

「お願いがあるんです！」

カサドは緊張した面持ちで聞く。

「なんだ⁉　俺に何が出来る？　盾か？　剣か？」

「一大事なんです。これの蓋を作ってください！」

バッと、重い鉄鍋を差し出した。

「はぁ？　鍋の蓋？　……お前なぁ、人が武器と防具で頭悩ませてるのに鍋の蓋って……」

ガックリと肩を落としたカサドに、イオリは泣きついた。

「頼めるのは、カサドさんだけなんですよ！」

「ハァーーー。どんなのだ？　どんな鍋の蓋が欲しいんだ!!」

やけくそ気味にカサドが叫ぶ。

引いた様子で見ていたヴァルト達に、ゼンは呟く。

『本当だよ？　あんな感じのあとのイオリは、本当に美味しい物を作るからね？　ね？』

イオリから一通り説明を聞いたカサドが、頭を掻きむしりながら言う。

「それなら朝までには作れそうだ。明日来い。金はそん時でいい。じゃあ、今からやっから、閉めるぞ！」

「ありがとうございます!!　よろしくお願いします！」

ニッコニコのイオリは、ヴァルト達を見て顔を赤らめると、逃げるように宿に帰ったのだった。

△　△　△

宿屋、日暮れの暖炉に戻る。

誰もいない食堂で、ダンがカウンターに座っていた。

「ただいま帰りましたー」

ダンはイオリ達に笑顔を向ける。

「おかえり！　街はどうだった？」

「イオリが凄かった」

「いつもと違いました」

「「イオリ暴走ー」」

ヴァルト達の言葉に、イオリは顔を赤くする。

「すみません……」

「へぇ。イオリがねー。何にそんなに暴走した？」

ダンが尋ねると、パティとスコルがキャッキャと笑いながら告げ口するように言った。

「イオリは料理のことになると暴走する」

「料理のことになると周りが見えなくなる」

ダンは片眉を上げて、ヴァルトを見た。

ヴァルトが頭を押さえながら言う。

「事実だ」

「お見せしたかった」

トゥーレも苦笑しながら言った。

何が起きたのか興味が湧いたダンは、顔を逸らしているイオリに視線を向ける。

「ほぉー、イオリは料理すんのか？　どんなの作るんだ？」

イオリが答えずにいると、双子が両手を頬に当てながら声を上げる。

「すんごい美味しいの！　魔法みたい！」

「一度食べたらやみつき！」

ヴァルトとトゥーレも頷いている。

ダンはますます我慢出来なくなり、イオリに頼み込むように言う。

「ちょっと作ってみてくれよ」

イオリは気恥ずかしさから上目遣いになる。

「キッチンお借りします」

そうして彼は、奥に消えていった。


ほどなくして、キッチンから香ばしくていい香りがしてきた。堪らないとダンがキッチンに入ろうとすると、イオリが出てくる。

「出来ましたよ。これ覚えてますか？」

ヴァルトとトゥーレに唐揚げを差し出すイオリ。

2人は歓喜の声を上げた。

「これだよ！　これ！」

「これを忘れられず2回ほど魔の森に行きましたが、たどり着けなかったんですよね！」

さらっとトゥーレが暴露した。

イオリはそれを気にせず、唐揚げをフォークに刺して、ダンに差し出す。

「ダンさんもどうぞ」

ダンはひとまず匂いを嗅いだ。そうして香ばしさを堪能してから、そのまま勢いよく頬張った。

しばらく咀嚼して目を見開くと、ヴァルト達のしたり顔を見て何度も頷く。

「なんだこりゃ！　美味過ぎて感想なんて出てこねーよ」

双子も嬉しそうに頬張っている。

「「美味しいー!!」」

ゼンとクロムスも黙々と食べる。ヴァルトとトゥーレに至っては、涙ながらに食べていた。

ダンがいても立ってもいられず尋ねる。

「一体全体、これはなんだ？」

「唐揚げです。俺のとこではそう呼んでました」

「聞いちゃいけないんだろうが、これはどうやるんだ？　あぁー、イオリ！　商業ギルドに登録してレシピを公開しろ！」

それはヴァルトが制した。

「ちょっと待て！　それは計画があるから早まらないでくれ。悪いが、1ヶ月ほど待ってくれ」

「ヴァルト様が言うなら待ちましょう。でも頼むぞ、レシピ公開したら伝授してくれ！」

迫力満点なダンに、

「分かりました」

と言うしかないイオリであった。

「にしても、お前のその腕前はなんなんだ？　王都の料理人も敵うまいよ」

ヴァルトの問いに、イオリは腕を組んで考える。

「んー、俺、田舎にいたって言ったじゃないですか？　田舎って何にもないんです。だから、俺が食べたい物をばーちゃんが……。祖母が再現してくれるんですよ。天才なんです、ばーちゃん。俺もばーちゃんに教えてもらったから……」

うんうんと頷く大人達。

双子達が声を上げる。

「「凄い!!　イオリのおばーちゃん」」

ゼンが尻尾を下げて、イオリに擦り寄ってきた。

その日は、そんなたわいもない話をして1日を終えたのだった。

17

早朝、早起きしたイオリは、寝ている双子とゼンを起こさないように、腰バッグの中身の整理をしていた。

「沢山買ってしまった……。米も見つけたな……。ふふふ。今日はカッチェさんに乳製品の使い方を教えるの、楽しみだなぁ」

いつの間にかゼンが起きてきて、イオリの側に座る。

『イオリ、楽しい？』

「おはよう、ゼン。楽しいよ。今日は美味しいの作るよ。昨日仕入れた材料もだけど、カサドさんに作ってもらってる鉄鍋が出来れば、俺がこっちの世界に来る前によく作ってた料理が出来るんだ。楽しみにしてて！」

それに対してゼンは少し哀しそうに呟いた。

『ボクはイオリが嬉しいと嬉しい……』

ゼンのその態度から、イオリは察知する。

「ゼン……。お山のこと気にしてくれてんの？　俺が故郷を思い出すと寂しそうだ」

『ボクのせいだもん』

顔を下に向けるゼンに、イオリは手を差し出した。

「よし！　ゼンこっち向いて。確かに、俺がこの世界に来たのは、ゼンのせいだったかもしれない。でもこの世界に来て、ゼンと家族になれて俺は幸せだよ。おはよう。おやすみ。ただいま。おかえり。これが言える相手がいつも側にいてくれること、こんなに嬉しいことはないよ。大好きだよ、相棒」

イオリにゼンは抱きついた。

『ボクも大好きだよ。イオリ！　ありがとう相棒！』

「新しい家族が出来たんだ。これからどんなことがあるんだろうね」

最近は、体だけでなく、心も大人になってきているゼン。イオリはそんなゼンに、感慨深いものを感じるのだった。


ゼンと戯れていると、双子も目覚めてきた。

一緒に朝ごはんを食べながら、イオリはダンとローズに瓶がどこかに売っていないか聞いた。

昨日手に入れた食材や調味料の容れ物にと考えたのだ。

「瓶？　ガラスの？　あれは屋台じゃないな。ちゃんとした店舗にならあるが、それなりに値は張るぞ？」

「そうねー。行くなら、ヴァルト様が来てから一緒に行った方がいいわね。信用性が違うもの」

2人の話を聞き、流石に難しいかなと思っていたら、当のヴァルトがやってきた。いつものように、トゥーレとクロムスを連れている。

イオリの顔を見たヴァルトが尋ねてくる。

「おはよう。どうした？　難しい顔をして」

「おはようございます。瓶ってないのかなって聞いてたんですけど、思ってたより高価な物らしいと知って、どうしたらいいかなって考えてたんです」

イオリがそう言うと、トゥーレが教えてくれる。

「瓶なら、陶器(とうき)を扱うパウロとカーラの店がいいです。それなりの量を買うなら、値段も勉強してくれると思いますよ」

「なるほどな。あそこは工房も持っているから数を作るんだ。行ってみよう」

△　△　△

昨日と同じく2人について行く。

屋台エリアは朝早くからやっているが、店舗エリアは開店して間もない感じで、人もチラホラ歩いている程度だった。

店舗エリアに入ってすぐに件の店があった。〝パウロ&カーラ〟の看板が付いた建物の扉に入る。

至る所に陶器の器や花瓶などが並べられている。

イオリは双子とゼンに言う。

「商品に触ってはいけないよ。どうしても見たい物があったら、お店の人かトゥーレさんに触っていいか聞いてごらん」

双子とゼンはフンフンと頷いて、辺りを見回した。

「まぁまぁまぁ、ヴァルト様にトゥーレ様。本日は贈り物か何かですか？」

屋台の人達とは違う、綺麗な服を着たマダムが出てきた。

「おはよう、カーラ。今日は友人が瓶を欲しがってね。ここにならあるんじゃないかと一緒に来たんだ」

ヴァルトがイオリを呼んだので、イオリが話す。

「はじめまして、イオリと言います。瓶があると聞いて伺ったのですが。ありますか？」

「ええ、ありますよ。どうぞこちらへ。お子さんも従魔さんもいらしてね」

カーラは笑みを浮かべると、イオリ達をテーブル席に誘導した。そして全員に紅茶を出してくれ、イオリを奥の棚に誘う。

そこには様々な形の瓶が置いてあった。その光景に圧倒されつつ、イオリは感想を漏らす。

「こんなに揃ってるのを見ると凄いですね。１つ１つが綺麗だからドキドキします」

「ありがとうございます。ここにあるのは、主人をはじめとした職人達が１つ１つ作ってますのよ」

カーラにそう言われ、イオリは恐縮してしまった。

「すみません。瓶が欲しいと気軽に言ったために連れてきてもらいましたが、……ここにあるのは芸術品ですね。１つ１つが魅力的です」

嬉しそうに微笑むカーラ。その後ろから腕まくりした男性が出てきた。

「どんな職人が作っても、物は使う人がいてこその道具です。怖がらずに見ていってください」

カーラはその男性をイオリに紹介した。

「主人のパウロです」

それからパウロはヴァルト達に挨拶をしたあと、ガラス瓶を見るイオリの側に来る。

「何をお求めでしたか？」

「調味料や小麦粉を入れるための物を。ガラスは美しさももちろんですが、中身が見られるのが利点です。もちろん、割れてしまう欠点はありますが、その分大切に使えば良いだけですから」

パウロは嬉しそうに笑う。

「素敵な使い方ですね。通常は貴族の香油やお酒、宝石入れなどに使われますが、それならばもっと生活に沿って使ってもらえそうです。この中に使える物はありますか？」

そう言われ、イオリは真剣に考える。それからしばらくして、それぞれの商品を指差しつつ話し始める。

「この大きいのは、小麦粉などの粉物を。この口の広い物は、乾燥物や匂いのある野菜を。この小さいのは香辛料を。そしてこの細いのは油を……。料理にも色々使えますね。あっ！　すみません！」

自分が一方的に話しているのに気づき、顔を赤らめるイオリ。

パウロは首を横に振り、イオリの肩を叩いた。

「貴方の話は楽しい。是非買っていってください。購入したあとの使い方は持ち主が考えればいい。大切にしてくれることこそ、職人は嬉しいのだから」

イオリは全部で銀貨15枚を支払った。

思った以上に夢中になってしまったイオリだったが、一通り買い物を終えて店を去ろうとする直前、一つの棚に目を奪われた。

そこにあったのは、前の世界でキャンプ用品に使われるチーフジョセフ柄のマグカップだった。

「紅茶には合わないと、売れないんですよ」

苦笑いするパウロの代わりにカーラが言った。

イオリは双子を呼び、頭を撫でつつ言う。

「好きなのを選んで。家族のカップにしよう」

双子は嬉しそうに棚を見つめている。

「ゼンのも探そう」

イオリがそう言うと、ゼンは彼の裾を咥えながら首を横に振った。

(ボクはイオリのお皿がいい！　いらない！)

イオリは腰バッグから木の皿を出す。

「そうか？　これでいいの？」

その様子を見たパウロが提案する。

「もし良かったら、その木のお皿に筆入れしましょうか？　お揃いが良かったんでしょう？」

「いいんですか!?」

ゼンを見ると嬉しそうに顔を縦に振る。パウロはお皿を受け取ると、そのまま工房に引っ込んでいった。

その間、イオリも双子と一緒にマグカップを選んだ。パティは、赤をベースとした小ぶりなカップ。スコルは、青をベースとしたパティのより少し大きめなカップ。イオリは、黒をベースとした大きめなカップを選んだ。もちろん、3つともチーフジョセフ柄である。

少し待つと、パウロが木の皿を持って現れた。木の皿には、白でチーフジョセフの模様が描かれていた。

ゼンは嬉しくてパウロに鼻を擦りつけお礼をした。

「ありがとうございます。この子もとても気に入ったそうです」

「良かった。木の皿はとても綺麗に手入れされていました。ガラス瓶も貴方になら大切に使ってもらえるでしょう」

パウロは微笑んで言ってくれた。

カップ代を支払い、イオリは手を振りながら店を出た。

「素敵なお店でした。大切に使おう……」

イオリがそう言うと、ヴァルトがトゥーレに言う。

「そうか、この店にして良かったな」

「はい。ご紹介して良かったですね」


イオリ達が出ていったあとのパウロ&カーラの店。

「店頭に出てくるなんて珍しい。あのお客様を気に入ったの？」

カーラにそう言われ、パウロは微笑んだ。

「道具を大切に使ってくれる目を持っていたし、職人の仕事を理解してくれていた。珍しくこちらから使ってほしいと思ったお客様だね」

カーラは微笑んで夫の肩に手を置く。

「ええ、また来てくださるかしら」

「そうだと、いいね」

いつも通りパウロは工房に戻り、カーラは陶器を拭き始めた。

△△△

パウロ&カーラを出てウキウキした気持ちそのままに、イオリはカサドの工房の扉を叩いた。

中から不機嫌なカサドが顔を出した。

「おう、出来てるぞ。これでいいか?」

カサドは鉄鍋とそれにピッタリと嵌まった鉄蓋を出した。

「天才です! これですこれ! やったー!」

イオリの歓喜に、カサドは引き気味に聞いた。

「一体、何に使うんだ?」

「ダッチオーブンですよ! 蓋の上からも焼いた炭を置いて、上からも火を入れるんです」

イオリは興奮が収まらない目で説明する。

「ダッチオーブン? それで料理をすると美味いのか?」

「美味いです!」

「……俺にも食わせろ」

「はい。今日の夕方持ってきます！　じゃぁ！」

イオリはお金を払うと、抱えるようにダッチオーブンを持っていった。

「……。さて、続きをやるか」

カサドは1人作業に戻っていった。

△△△

イオリ達が約束時間に壁門にやってくる。

「あー、来た！　ホラ親父、言ったろ？　イオリ君！」

カッチェが手をブンブン振っている。

カッチェの隣には、ムッとしたような表情の男が立っていた。腕を組んでイオリを睨んでいる。

「あんたか！　息子に変なこと吹き込んだ奴は！　今日の仕事を休んで、あんたに会いに行くと言いやがって。うちの牛乳はその日に売りきらなきゃ金にならない！　下手すりゃ捨てなきゃならないんだ。小僧の気まぐれに、息子を巻き込まんでくれ！」

会うなりいきなり怒鳴られるイオリ。

だが、イオリは終始ニコニコしている。

「おはようございます、カッチェさん。お父さんも連れてこられたんですか？　行きましょう、親父さん。今日一日だけください。俺の牛の乳の使い方を見て納得いかなかったら、殴ってくれてもいいです。今日損した分の金も払います」

ヴァルトはため息混じりに言う。

「あの穏やかな性格と、昨日の怒りの状態。イオリはどう理解したらいいか分からんな」

トゥーレは苦笑しながら親父に話しかける。

「親父さん。騙されたと思ってイオリの料理を食べてみてください。牛乳の利用法が広まれば、儲け話になりますよ？」

親父は不機嫌そうに言う。

「フン。どこのどなたか知りませんけどね、たかが知れてるんですよ。いいですよ。ダメなら今日の損した分払ってもらいましょう！　銀貨３枚だ‼」

「はーい！　頑張ります！」

イオリは手を挙げてスタスタと門を出ていった。

双子はワクワクした顔でイオリのあとを追う。ゼンは、戸惑っているカッチェと親父を後ろから押して、イオリ達について行くように促した。

ヴァルトとトゥーレは笑いながらそのあとに続く。

この親子とイオリの出会いによって、ポーレットの食文化が変わっていく。

そうしてこの街は、〝食の街ポーレット〟と呼ばれるようになっていくのも近い未来の話なのだが……。

でもそれが1人の異世界人の欲望から始まったことを知るのは、ほんの少人数だった。

18

街からほどよく歩いていく。

拓けた場所を探し、イオリが当たりを付けたのは、川が流れている木陰だった。

手際良く石で円を描いて、木を集めて焚き火を作っていく。そうしてお湯を沸かして瓶を煮沸してから冷やす。

そうした準備を整えてから、生クリームを出した。

「これはまぁ、木の筒でもいいんですけど、今日は分かりやすいように瓶を使います。こっちの牛乳、あえて生クリームと呼びますが、これを瓶に入れて……。カッチェさん、めいっぱい振ってください。疲れたら誰かに代わってもらってくださいね。今日はこれを使うのでもう一瓶作りますよ。さぁ、スコルとパティも振って！」

カッチェも双子も言われたようにやるが、何をしているか分からない。

「何やってんだか」

親父は鼻で笑っているが、イオリはそんな彼にニコニコと説明する。

「脂肪と水分を分けてるんですよ。親父さん、保存が利くようにするために固形物を作る時、加熱するでしょ？　面倒なんであれを熱を加えないでやってると思ってください」

親父は驚きつつもまだ納得出来ないのか、複雑な顔をしている。

イオリはそれとは別に、料理を始める。

小さい鍋に牛乳を入れ、コンロにかけた。フツフツとしてきた牛乳を確認すると、取り出したのはレモン。それを見て双子は顔を歪める。

「『すっぱいやつ』」

「これは屋台で買いました。二日酔いの時に食べるそうですね」

「一般的にはそうだな。二日酔いの時は、以前は俺達もレモンの実を食べていたが、今はイオリに教えてもらったミントのお茶を飲むようになった」

ヴァルトが答える。

「すっぱいということは酸が入ってるってことです。この汁を加熱した牛乳に入れると……」

レモンの実の汁を入れて軽くかき混ぜると、牛乳は固形物と液体に分かれていった。

固形だけを集めて皿に入れ、皆に見せる。

「食べてみてください。少し塩を振りましょう」

そう言って振る舞うと、

「なんと！　しっとりとしていて口当たりがいい」

トゥーレをはじめとして、みんなの評価は良かった。それまでムッとしていた親父も真剣な顔になる。

「親父さんの保存食は、簡単に言ってしまえば、これを固めて搾り、乾燥させたうえで熟成してるんですよ。どのように熟成させてるかは分からないけど、その場所は素晴らしいとしか言えないんです。今回は簡易的に作りましたが、親父さんの保存食のような個性的な風味は出ません」

イオリの言葉に親父は驚いて呟く。

「いつからあるか知らないんだが、昔から土壁で出来た蔵を使ってきた。俺の親父だってなんでそこで作ってるのか分かってなかったんじゃないか」

「やっぱり素晴らしいね。つまり、奇跡的に出来てたってことでしょ？　だからこそ、その風味の良さや美味しい食べ方を知らなきゃ損だよ！」

それからイオリは、出来たばかりの保存食――チーズを鉄の平たい鍋に載せて火にかけた。すると、チーズは徐々に溶けて、良い匂いをさせる。

その溶けたチーズを、蒸したジャガイモの上にかけた。

ヴァルトに差し出すと、彼はハフハフさせながら口に入れる。

「美味いな。エールが欲しい。加熱しただけで匂いも舌触りも変わったぞ」

親父は慌ててイオリに催促する。

「俺にも！　俺にも食わせてくれ！」

イオリは微笑むと、皆にも同じように作った物を出していく
「美味い……。塩分がイモに合うな。こんな食べ方があるなんて……」

「知らなかった。親父！　これ、こんなに美味いのか？」

カッチェも驚きを隠せない。

側では、双子、ゼン、クロムスが黙々と食べて、

「「美味しい！」」

チーズの美味しさに満足していた。

イオリは、瓶を振り続けてもらっていたカッチェに声をかける。

「カッチェさん。瓶の方はどうですか？」

「あぁ、固形の物が出来てきた。これは？」

「バターといいます。今回紹介するうえで極めて重要な物です」

カッチェは不思議そうに瓶を見る。

「これが……？　さっきのと違うのか？」

「違いますね。これは溶けるだけで伸びたりしません」

イオリは瓶を受け取ると、バターを取り出す。

「うん、いいですね。スコルとパティもいいよ、ありがとう。疲れたろ??」

「「まだ元気!!」」

そう言うので思いついた。

「よし、スコル。野菜切ってみようか」

スコルの包丁を出して渡す。それから大きいなまな板の前に立たせると、野菜を切って見本を見せた。

「ゆっくりでいいよ。丁寧にやってごらん。野菜を押さえる時はゼンの手だよ」

グーの手を作って見せる。

「分かった。やってみる」

スコルは真剣な顔で野菜を見る。

「スコル頑張れ!」

パティの言葉にスコルは頷く。

「ヴァルト。あの双子、大人の男を叩きのめしたんですよね?　野菜を切る方が難しいという顔をしてますが?」

トゥーレの言葉に、ヴァルトは頷いて笑った。

「イオリの側にいる奴は普通じゃなくなるんだろ」

イオリがカッチェと親父に声をかける。

「その間に……。カッチェさん、親父さん、見ててくださいね。バターを溶かします。小麦粉と混ぜてから牛乳を少量ずつ加えます。馴染ませては加え、を繰り返すんです」

親父の目はイオリの動きに釘付けになっていた。カッチェも少しも見逃すもんかとイオリの行動を見ていた。

トロトロし始めると一度、火から下ろす。

「はい、これをベシャメルソース、またはホワイトソースと言います。今日はこれを3種類の料理にします」

まず、野菜とオークの肉を煮込んである鍋を腰バッグから出す。

「これは一般的なスープです。これだけでも美味しいですが……」

別の鍋にホワイトソースとそのスープを割り、野菜と肉を入れ、クツクツと煮込んだ。最後に塩で味を整える。

「はい、ホワイトシチューです。召し上がれ。これだけでもいいんですが、親父さんのチーズを削って入れても美味しいです。用意するんで試してください」

食べてみると、トロトロした舌触りに、甘味が口に広がる。

みんな、ため息を吐いている。

「乳スープとは全然違いますね。チーズ？　を入れたらまた味が変わりました」

トゥーレが言うと、ヴァルトも頷きイオリに尋ねる。

「知らなかった。これもおばー様が？」

「はい。天才なんです。ばーちゃん」

イオリはそう言って笑う。

「確かに天才だ」

ヴァルトの言葉に双子も頷く。ゼンとクロムスは気に入ったのか、もっとと催促しだしていた。

カッチェと親父は黙々と食べている。

次の料理に進む。スコルが切った野菜を湯掻き、別の小さい鍋にホワイトソースとチーズと胡椒を混ぜて加熱する。出来たらフォークに刺して、ソースを絡ませてスコルに渡す。

「スコルが手伝ってくれて出来た料理だよ」

スコルは照れたように笑い、口に頬張った。

「美味しいーーー」

「でしょ？　これなら淡白な味の野菜もバクバクいけるよ」

スコルはパティに同じようにしてあげた。パティも頬を緩めて頷いている。

「これ、パンにつけても美味しいと思うんですよ」

一般に売られてる硬いパンを一口サイズに切って皿に盛ると、大人達が群がった。

「ホワイトソースを作ってしまえば、実にシンプルだな」

「そうですね。でも、これは屋台より家庭でやる方に向いてますね。外では食べづらいですもん。

屋台ならシチューとかの方が良いですね」

　無言で頷く親子。

「じゃあ、最後の料理」

　イオリはそう言うと、平たいまな板の中央に小麦粉の山を作った。そして真ん中を凹ませて、卵を2つ落とし入れると、混ぜ始めた。

「遊んでるの？」

　パティが首を傾げて聞いてきた。

「パスタを作ってるんだ。このパスタというのは同じ工程で形を変えて作れば、色々なソースに合うんだ。今日は短いパスタを作っていくよ。確か……ガリなんとか……。マカロニでいいや」

　生地を作って、太くて丸い棒で伸ばしてから小さい四角にすると、細い棒に巻きつけて筒状にする。

「スコルもやっていい？」

「あぁ、やってごらん」

　パスタ作りをスコルに任せた。

　イオリは鳥肉を切り、玉ねぎとともに焼いて、塩胡椒で味を調える。そしてホワイトソースに絡めて牛乳で濃度の調整をした。スコルがパスタを作り終えると、お湯に潜らせ火を入れる。パスタが茹で上がるとホワイトソースに絡めた。

そしてニヤニヤしながらカサドに作ってもらった鉄蓋と鉄鍋を出して、バターを側面に塗り、具材を入れた。上からチーズをこれでもかと置き、蓋を閉める。

焚き火にかけ、上には炭を置いていく。

「あとは焼き上がりを待ちます！　いかがです？　お2人とも」

親父はイオリを見つめる。

「驚いた……。初めは何してんのかと思ったが、全部美味かった。凄いな兄ちゃん！　悪かった、俺が悪い！　謝る！　そして感謝する！」

「本当だよ！　毎日売れない物を作って、何やってるんだろって思ってた。昨日イオリ君が宝だって言ってくれて嬉しかったんだ。ありがとう!!」

2人の様子を見て、イオリは嬉しくなった。

「お前さんは料理人なのかい？」

親父の言葉に首を横に振ると、イオリは答える。

「いえ、新人冒険者です」

キョトンとする牛乳屋の親子。それ以外の人達はお腹を抱えて爆笑していた。

イオリは話を切り替えるように言う。

「で、現実的な話。シチューは屋台で出来ると思うんですよ」

「確かに、想像より簡単だった」

親父の言葉にカッチェも頷いた。

イオリはさらに続ける。

「固形……。もうチーズと呼びますけど。そのままだと売れづらいみたいなので、焼いた野菜や肉の上にその都度かけて一皿いくらで売ったらどうでしょう？　まず溶けたチーズの美味しさを街の人に知ってもらう必要があるので、お２人で売る方が良いと思うんですよ」

それにはカッチェが唸る。

「でも、切って鍋に入れて焼いてかけるじゃあ、工程が多過ぎるな。うーん……」

「俺が乳とチーズを売るから、カッチェが料理すれば良い」

親父の言葉にカッチェは喜ぶ。

「いいのか？　親父もやること増えるぞ？」

「何、やる気が出てきた！　試してみろ」

親子の会話は、最後の料理が出来るまで続いた。

そんな親子にヴァルトが提案する。

「もし、この食べ方や調理法を商標登録するなら時間をくれ。コチラも計画があってな。都合してくれるとありがたい」

親父は満面の笑みを見せる。

「恩人達が言うなら聞くさ。それに、こっちもすぐには商品には出来んだろう」

「そういえば。こんなことも出来ますね。どうですか？」

イオリはゴーダチーズを半分に切り、表面を焚き火に当てた。

しばらくすると、ヘラでこそげながら野菜にかけた。

「イオリ！　それは目の毒です。なぜか見てるだけでヨダレが出てくる！」

トゥーレの叫びに双子もゼンもクロムスも同意し、ヨダレを垂らして凝視する。

「ごらんの通り、宣伝効果になります」

親子は拳を掲げ、雄叫びを上げる。

「おぉぉぉ。これなら、鍋とかいらないな」

そんな中、1人焚き火に置かれた鉄鍋から離れないヴァルトがイオリを呼ぶ。

「イオリ。これは、まだなのか？　堪らなく良い匂いがするんだが」

「そろそろ、開けますか。楽しみだなー」

イオリは炭を取り除き、分厚くした布で蓋を開けた。

中には、チーズがほどよく焦げたマカロニグラタンが出来ていた。

双子をはじめ、拍手が起きるとイオリは皿によそっていった。

「凄く熱いですからね。気をつけて食べてください」

…………。

「「「「「美味ーーーい！」」」」」

マカロニグラタンを揃って口に入れると、歓喜の声が平原に広がった。

一通りの料理の紹介を済ませ、満足した一同はまた会うことを約束し、街に向かって解散したのだった。

この日のことをカッチェ親子は振り返り、魔法を見ていたかのようだったと言っている。後にポーレットで牛乳が爆発的に売れ、王都でもブームを起こすのは遠い未来じゃない。

△　△　△

イオリ達はカッチェ親子とは壁門で別れ、ヴァルト達とも噴水広場で別れた。

明日は教会に朝から集合だと言われ、了承した。

イオリは双子とゼンを連れて、カサドの工房を訪ねる。今か今かと待っていたように扉が開いた。

イオリは早速竈（かまど）を借りると、鉄蓋に焼けた炭を置いた。

興味深そうに見ていたカサドだが、双子がゼンの背に寝ていることが分かると囁きながら聞いてきた。

「これがダッチオーブンの使い方か？」

イオリは頷き、使い方を説明する。

「上からも下からも火を通します。今日の料理は焼き上げることがメインですが、カサドさんの技術で鍋と蓋の間に隙間がないから無水料理が出来ますよ」

「無水？　なんだ？　そりゃ」

「鍋の中が密閉されているので、野菜の水分が蒸発せずに鍋に溜まるんです。だからその水分だけでスープとか出来ちゃうんですよ」

「ほぅ。なら、俺は武器屋に飽きたら鍋蓋作って売ろうかね。フフフ」

「フフフ。それなりに儲かると思いますよ」

「当分は、お前さんのだけでゴメンだがな。依頼の品の目処も立ってきた。楽しみにしててくれ」

「お願いします。そろそろ良いですね」

マカロニグラタンをよそってやると、カサドはその美味さに叫びたいのを我慢して食した。

次から次へと食べて、全部食べるまでに15分とかからなかった。

「また、なんかあったら言え。こんなもん食えるなら、いくつでも作ってやるよ」

カサドにそう言われ、イオリはお礼を言って工房を出た。


ゼンがスコルを背に乗せイオリがパティを背負って宿屋に帰ってくると、外で休憩していたダンがスコルを受け取り部屋に送ってくれた。

イオリがゼンに声をかける。

「今日は久々に料理して楽しかったな。ゼンどうだった？」

『すごく美味しかった。イオリのおばーちゃんは魔法使いだね』

「フフフ、そうだね。俺も小さい時そう思ったよ。皆に喜んでもらって、ばーちゃん喜んでるだろうな」

明日も、忙しい。

明日会うことになっているヴァルトの兄とはどんな人だろう？

この日は夕飯を遠慮して、眠る双子をそっとしておいた。

その一方でイオリは、明日の準備にとゼンに手伝ってもらい、深夜まで作業を続けた。

19

次の日の朝は夕飯を抜いた双子によって起こされた。

「まあ、腹は減るわな」

眠い目を擦ってイオリは笑いながら身支度を整え、食堂に下りた。

「ダンさん。おはようございます。昨日はありがとうございました」

「おう、おはよう。って、双子は腹減りか？　ククク。今、用意する。座ってくれ」

「「イオリ。チーズ食べれる？」」

双子は昨日のチーズにめっきりハマってしまった。

「カッチェさん親子が売り出すまで秘密にしよう。また作るよ」

「「うん!!」」

ダンが出したスープとパンを食べて満足した双子だった。

△　△　△

双子を連れて教会に足を運んだ。

「おはようございます。先にお祈りさせてください」

待っていたエドバルドに挨拶すると、双子とゼンを連れて祭壇に行く。


「おはようございます。リュオン様」

「おはようございます、相沢さん。ゼン」

「今日は砂糖のことについて、ヴァルトのお兄さんに話すんです。この世界の常識を壊してるようで怖さもあるんですが……」

「貴方は自分のこともですが、人が喜ぶことを考えてらっしゃる。私は嬉しいですよ。貴方は貴方の思いのままに」

「はい。ありがとうございます。それじゃ、いってきます」

『いってきまーす』

「ふふふ。いってらっしゃい」


目を開けて立つと、エドバルドが微笑んでいた。

「では、どうぞこちらへ」

先日と同じ部屋に通されると、ヴァルト、トゥーレ、クロムスの他にルチアとは別の水色のカーバンクルがいた。

それともう1人、ヴァルトに似ている男性が待っていた。

ヴァルトが紹介してくれる。

「来たか、兄上。彼がイオリです。イオリ、兄のニコライだ」

イオリは頭を下げ、挨拶をした。

「はじめまして、イオリです。従魔のゼンと双子のスコルとパティです。よろしくお願いします」

双子も倣って頭を下げる。

「やあ、ヴァルト達が世話になっている。この子は私の従魔のデニだ。今日は楽しい話を聞かせてくれるとか」

イオリはヴァルトを一度見てから頷いた。

「はじめまして、デニさん。よろしくお願いします」

『はじめまして。息子を、クロムスを助けてくれて感謝します』

「……。えー！　ってことは、ルチアさんの旦那さんですか？」

水色のカーバンクル――デニの言葉にイオリがそう尋ねると、ルチアは顔を赤くしてデニの隣に立った。

『はい。私の番です。重ねて、あの時の礼を言います。ありがとうございました』

ニコライがデニを撫でる。

「デニとクロムスはシールドのスキルを持っていてね。私達兄弟を守ってくれているんだ」

納得すると、ヴァルトにイオリは言った。

「ここにいる方達はヴァルトさんが信頼している方達であると理解していいんですか？」

「ああ、そうだ。このポーレットを守るのに尽力してくれている」

ヴァルトは頷きながら、ニコライ、トゥーレ、エドバルドを見た。

それならばと、イオリはゼンを撫でながら言った。

「ゼン、ニコライさんとエドバルドさんにご挨拶しようか。今日は本当の姿で良いよ」

『はーい』

ゼンは瞬時に大きな姿になり、挨拶した。

『はじめまして！　クロムスのパパに、ヴァルトのお兄ちゃん、それに神父さん。イオリの相棒、フェンリルのゼンだよ』

「「大っきいゼンちゃんだー」」

双子は大きな声を上げた。

初めての人はもちろん、ヴァルト達も、見慣れているゼンが大きくなったことに驚く。

「……参ったね。フェンリルなんて初めて見るし、純白のフェンリルなんて伝説級だよ？　それが目の前にいるなんて……。ますますヴァルトの心配が現実的になってきた」

「私は夢でも見てるのですか？」

ニコライとエドバルドの言葉をよそに、カーバンクルの家族はゼンに近寄り、礼のポーズを取った。

『お目にかかれて光栄です。純白のフェンリル。親子ともども、お世話になります』

（イオリ。私は、あの者達にイオリが神の愛し子だと伝えていないのです。よろしいのですか？）

デニに続いてこそっとルチアが言う。

（ありがとうございます、ルチアさん。リュオン様に見守っていただいてることは確かですが、それは話さないことにします。俺はゼンに選ばれたんです）

こそっと伝えると、ルチアは微笑んで頷いた。

「さてと、自己紹介は終わりましたから、砂糖の話をしましょうか？」

ヴァルトは苦笑しながらイオリを座るように促した。

「あぁ、頼む」

それからイオリはニコライとエドバルドに、砂糖の話をしたうえでヴァルトに提案されたことを説明した。

「話は分かったが、そんな技術を他人に教えていいのか？　君は富豪にもなれるぞ？」

ニコライの問いにイオリは答えた。

「あくまでも公的に扱ってくれるならです。ポーレットの街の産業として、他の街や国に売り出せばお金のない人、身寄りのない子の教育にも生活にも助けになります。公爵家がそれを守ってくれると信じるから教えようと思うんです。それに、１人で抱え込む利益は時に人を傷つけます」

そうしてゼンと双子と目を合わせると、イオリは言った。

「俺は冒険者です。利益ならそちらで稼ぎます」

ニコライは感心して微笑んだ。

「分かった、他に漏らさないと誓おう。作り方を見せてくれるか？　いいかい、代表？」

「私も他言しないと誓いましょう」

エドバルドも笑顔で頷いた。

「では、今日は双子に作ってもらいます。子供でも作れると実証したいんです」

「分かった」

イオリが双子を見ると、真剣な顔の双子が頷いた。

「原材料はビートです。これは明けない魔の森で採取した物です」

イオリが作り方を説明していけば、その言葉通りに双子が作っていく。

「あとはひたすら煮詰め、岩塩と同じ感じにしていきます。この時、飛んで火傷しちゃうかもしれないから気をつけて、パティ」

「はーい」

「疲れたら、スコルが代わるからね」

「うん」

それからイオリは大人達を見て言う。

「工程としては以上です。ご覧の通りの塊なので、使う時に砕かないといけませんが、一般流通には十分だと考えます」

双子が最後の工程を終えて、鍋を布の上に置いて見せる。

大人達は唸った。

「なんてことだ。これで甘い調味料が出来るとは……」

ニコライは首を横に振って、ヴァルトを見た。

ヴァルトは頷き、エドバルドに意見を求めたので、エドバルドが言う。

「思っていた以上に簡単かつ単純な作り方です。これなら学のない者も子供も作れます」

トゥーレがあとに続く。

「イオリがこれを公的にと言う意味が分かります。莫大な利益を生む可能性の割に簡単過ぎる」

ニコライは頷く。

「まずは、信頼の置ける者から作れるように教育しよう。そこからは作れる者に資格を取らせる。利益は、貧しい者や身寄りのない子供に使いつつ、魔の森が暴発した時の城壁修理などにも充てよう。公爵家はこれを取り扱うが利益は市民に……。それがイオリの願いだろう？」

ニコライに視線を向けられ、イオリは微笑んで頭を下げた。

「はい。よろしくお願いします」

エドバルドも喜んで協力をすると言った。

「さて、父上は良いとして、問題は馬鹿な金持ちと貴族だな。悲しいかなどこにでもいるのだよ、イオリ」

ニコライは眉根を寄せた。

「そのことで、もう少し提案があります」

イオリの顔を見て、ヴァルトは微笑んだ。

「まだ、あるのか？」

「はい。砂糖のレシピは公爵家に管理していただき、門外不出とする代わりに、砂糖を使ったおやつを商業ギルドに登録しようかと」

イオリの言葉に、トゥーレが手をポンと打ち、笑顔になった。

「原材料ではなく、調理法を売ると？」

「はい。ある程度レシピを公開すれば、おのずと自分達で知恵を出し、商品を作っていくでしょう」

「で、利益を出せか……」

「はい」

「ハハハ！　面白い！　やってみよう」

ニコライが笑うと、イオリはニッコリして腰バッグを漁った。

「では、もう少しお時間をいただきます。昨日準備してきたので何品かお試しください」

イオリの言葉に、部屋には歓喜の声が響いた。

△　△　△

イオリのお茶会が始まった。

「スコルもパティも今日はありがとう。ご褒美だ」

双子も椅子に座らせた。

そしてお湯を沸かし、カモミールティーを淹れる。これにはエドバルドが興味を持った。

「いい香りです。これは？　紅茶ではないですよね？」

「はい。カモミールにお湯を注いだ物です」

「草なのですか？」

「そうですね。野草です。でも、リラックス効果があって心が落ち着きますよ」

「確かに心地がいい香りです」

ヴァルトはしたり顔で言う。

「俺達は知ってた。な？」

「はい。以前、ニコライ様に淹れたミントティーも、イオリが教えてくれました」

トゥーレの言葉に、ニコライはヴァルトを睨む。

「なるほどな。お前らが秘密にするわけだ。で、イオリ、何を食べさせてくれる？」

「はい。まずはこれを」

ドン、と出した物を切り分けていった。

「カステラです。卵を沢山使っています。こちらはクッキーです。今回はシンプルな物を用意しました。でも、こちらはカサドさんの技術がないと難しいです。今は作る気がないみたいなので、今回のは特別です。どうです？　カモミールティーと合うと良いのですが」

大人は観察したり匂いを嗅いだりしているが、こんな時の子供の好奇心は凄い。迷うことなく頬張ると、幸せそうな顔をした。

「「フワフワ。美味しぃー!!」」

そんな双子の言葉を頼りに、大人達が食べ始めた。

………。

皆、一斉に口を開く。

「はぁ、夢の世界ですね。こんなに美味しいとは……」

「知らなかった。こんな食べ物があるなんて……」

「美味い。イオリ、美味いぞ！」

「美味ですねー。確かにお茶に合います」

食べ終えると満足したのか、一様にまったりしている。

「あの……。一つ聞きたかったんですけど、貴族の人はハチミツをどんな風に使ってるんですか？」

砂糖はないが、甘みを加える調味料としてハチミツが存在するのは以前なんとなく聞かされていた。ただし、どのように使われているかまでは聞いていなかった。

イオリの疑問に、ニコライは首を傾げながら答える。

「直接舐めたりかな？」

ヴァルトに顔を向けると、ヴァルトとトゥーレも頷いた。

「そうですか。直食い（じかぐ）でしたか……」

イオリは引き気味に頷いた。

「あー。なくなっちゃった」

「もう一つ、食べ物があるけど食べる？」

双子の声に、イオリは笑いながら言った。

それぞれの前に出していく。

「これは？」

ニコライに尋ねられ、答える。

「プリンと言います。卵と牛乳、生クリームと砂糖で出来ています。下の黒いのはカラメルと言って砂糖を軽く焦がした物です。砂糖は甘いだけじゃないんです。スプーンですくって食べてください」

やはり一番に双子が口に入れる。

「溶けたー！　何これ。甘くて美味しいー！」

興奮し、次々と口に入れる。

大人達も誘われるように食べると、顔を綻ばせる。

「驚いた……。味わったことのない甘み。こんな滑らかな物、食べたことない」

ニコライの言葉に一同頷く。

「私はプリンが一番好きだ！」

ヴァルトが強く言うと、クロムスもジャンプしながら同意している。

どうやら、人間達だけでなく幻獣達も虜(とりこ)にしたらしい。デニとルチアもクッキーを離さず食べていた。

もしハチミツを直食いしていた人達にジャムなど食べさせたら、どうなるのか……。

怖くなったイオリだった。


試食に沸く中、イオリは以前から気になっていたことを聞いてみることにした。

「そういえば、この街では怪我や病気はどうしてるんですか？」

「冒険者なら、ギルド専属の回復師を頼ります。また、回復師はパーティーに1人はいる重要な役職です。貴族にもお抱えの回復師がいます。一般の人は、怪我や病気の際はポーションを求めますが、軽い症状にも使ってしまうという問題はありますね」

トゥーレが答えると、イオリは続けて聞く。

「軽い症状とは？」

今度はエドバルドが答えた。

「通常、ポーションは大きな傷を負った際に使います。問題になっているのは、微熱や喉が痛い、体が疲れたなどの軽度の症状の時に使ってしまうことです。当人にはつらいのでしょうが、ポーションが不足し、本当に必要な人には届かないこともあるのです。重症者は、冒険者ギルドの回復師が診てくれますが、手遅れになる場合もあります」

ニコライは腕を組んで唸る。

「医療従事者はいるが、みんな手っ取り早くポーションや魔法に頼ってしまうんだ」

イオリの思案げな顔を見て、ヴァルトが聞く。

「なんだ？　何か考えがあるのか？」

「その前に、医療従事者とはどのような人なんですか？」

「教会に所属している者達です」

イオリが聞くと、エドバルドが答えた。

イオリはいったん押し黙ると、ゆっくり口を開いた。

「俺は田舎出身だと言いましたが、田舎には回復師とかポーションとかないんですよ。だとしたらどうするのか？　民間療法です」

「民間療法？」

ヴァルトは首を傾げた。

「はい。要は葉っぱなどを煎じて飲んだりするんです」

その言葉に反応したのは双子だった。

「「あれだ!!」」

「そう、パティの毒を体から消した葉っぱ達のことだよ」

イオリがそう答えると、ヴァルトは興奮して聞いてきた。

「どういうことだ？　葉が体から毒を出すのか？　体を治すのはポーション草だけかと思っていた」

「いやいや。さっきのカモミールも匂いのリラックス効果の説明をしましたが、消化器官の疲れを癒してくれたり呼吸器官の苦しみを取ってくれたりしますよ」

「そうなんですか？」

衝撃を受ける大人達を見て、双子はキャキャと笑っている。

「しかし、間違えちゃいけないのは、草や植物には毒を持ってる物があるということ。飲み合わせが悪いと体に負担がかかることなどデメリットもあります。でも、喉が痛い、鼻が詰まる程度のことならこれに混ぜたらどうです？」

飴を入れた瓶を出した。

「飴か……？」

ヴァルトの言葉にニコライが反応する。

「これが飴か！　食べても？」

「どうぞ。クロムスもいいよ」

みんなに渡すと、イオリは話し始めた。

「俺のいた所では、喉が痛いと、レモン、ジンジャー、ハチミツなどを混ぜた飴を食べました。鼻が詰まれば、ミントを混ぜた飴を食べます。体の疲れが取れないというなら、ポーションを一滴、飴に混ぜ込むなどすれば、ポーションを丸々一本使ってたのを分けて使えます」

「飴を普及させ、ポーションや魔法に頼らずにするということか」

ニコライは考え込んだ。

「はい。喉が痛いなどでポーションを丸々一本使うってことは、過剰に体を回復させるってことでしょ？　仮に、この飴を教会の人が扱うなら、砂糖の産業と合わせて都合がいい。まぁ、一つの案に過ぎません。これに関しては専門家じゃないんで自信持って言えません」

そう言って頬を掻くイオリ。

「いや！　一度、父上に話を持っていってみよう。実現するかは分からないが、まずは砂糖の方からまとめなければ」

ニコライの話に、ヴァルトとエドバルドは頷いた。

すると、そんな大人達に、イオリは言いづらそうに言う。

「で、ですね……？　砂糖のことがまとまったら丸投げしていいですか？　俺はあくまで冒険者です。装備が揃えば依頼をこなしに行きます。それに、貴族さんと話なんか合わないし」

戸惑う大人をよそに、ルチアとデニが笑いだした。

『利益も名誉もいらないから自由をくれと、イオリは言っているのです』

『いいじゃないか。貴族の政治にこの子を巻き込まないでやってくれ、ニコライ』

２匹の幻獣の言葉にニコライは戸惑いつつも、ハッキリと言った。

「しかし、言わなくてはと思っていた。いつとは言わないが、近い未来にイオリの技術は世間にバレるぞ。すると、商人やら貴族がイオリを囲おうとするだろう。君が嫌う、面倒のど真ん中に行かなければいけない時が来るかもしれない」

眉間にシワを寄せたヴァルトが続けて言う。

「5年前に別れたあと、ルチアにも言われていた。イオリが世に出た時、守ってやってほしいと」

ニコライは、イオリを心配する弟を見て覚悟を決めた。

「だから、イオリ……。ポーレット公爵のお抱えの冒険者にならないか？　そうすれば守ってやれる。自由は約束する」

「あっ、お願いします」

苦渋の顔をしたニコライは、軽く頷いたイオリに拍子抜けした。

「えっ！　いいのか？　自由を好むイオリは嫌がるかと思っていた」

大人達が驚くと、また幻獣夫婦が笑っている。

「俺としては、家族に危害が加えられず、自由に旅やら出来たらいいんですよ。帰ってくるのはポーレットです。魔の森は俺の故郷になっちゃいましたから」

…………。

沈黙のあと、ニコライは吹き出す。

「ハハハハハハハハハ！　ヴァルト！　お前の言った通りイオリは面白いな！　分かった！　自由を約束しそう。神獣を従魔にしている人間との約束を反故にする奴の気が知れないがな。うちの幻獣どもも気に入っているし、いいじゃないか！　表のことは私達に任せろ。ただ、父上には会ってくれ。今日だって置いてくるの、大変だったんだ」

ニコライの言葉に、イオリは頭を下げた。

「よろしくお願いします!!」

双子はイオリの顔を見て、良いことがあったのだろうと小躍りしている。ゼンは幻獣夫婦にスンスン礼を言っていた。

「そういえばなんですけど、専属冒険者になったら他の冒険者と何が違うんですか？」

「聞かずに受けるあたりが、イオリの強さの表れだよな」

ヴァルトがため息を吐くと、トゥーレは苦笑して言う。

「本当に強き者はこんなものではないのですか？」

「フハハ。そうだな、大体のことを伝えると、Aランク冒険者には貴族などから指名依頼が来る。断ってもいいが、まぁ、貴族などの頼みを断ると……ってやつだ」

ニコライがそう説明してクッキーを口に入れる。

「面倒なんですね……」

イオリが嫌そうな顔をすると苦笑した。

「だがな、専属になると、専属の貴族の依頼しか聞かなくて良くなる。まぁ、貴族同士で頼んでくれ！　ってことがあるけど、それは公爵家が断ればいい話だ。その他で言うと、専属冒険者の手柄が専属先の貴族のものと思われがちだ。貴族社会の悪いところだな」

「まあ、それはいいんですけど」

「いいのか？」

「実害がなければ利用してください。ただし……。ゼンと双子を利用するのは了承しません。ヴァルトさんのお家だろうと魔の森に帰ります。俺達は困らないんで」

一瞬、静かになったが……、

「やっと、交渉らしいものが出てきて安心したぞ」

ニコライが頭を掻きながら言う。

「あぁ、私は君に自由を約束した。ゼンと双子。君の家族は利用しない。してほしいことがあれば堂々とお願いをする！」

「あぁ！　それなら断ることも出来ますね」

イオリはニコニコしていた。

すると、それまで黙っていたゼンがニコライの所に行った。

『ニコライ、ボクも言っておく。ボクの主人はイオリだけだ。イオリの言うことしか聞かない。公爵家の命令は聞かない。いい？』

ニコライは膝を突いて、ゼンと視線を合わせる。

「あぁ、約束しよう、神獣フェンリル。貴方にしてほしいことがあったら、イオリに頼む。イオリがダメと言ったことを貴方に頼むことはない。貴方は自由だ」

『うん。ならいいよ』

そう言うと、サッとイオリのもとに戻った。

今度は双子が手を挙げて言いだした。

「スコルもイオリの言うことしか聞かない」

「パティも！」

イオリは眉を下げて見ている。

「「でも、ヴァルトとトゥーレは別。抱っこしてくれたもん」」

続けて双子は、

「「ニコライはまぁまぁ好き」」

と言ったら最後、ニコライ以外が笑いだした。

『ニコライ、市民などこんなものだ。誰が領主でも王でもいいんだよ、自分が幸せなのならね。せいぜい、この子達に好かれる努力をしなさい』

デニが笑いながらニコライの腕を叩く。

「精進しよう」

ニコライは苦笑しながらデニを撫でていた。

その後、打ち合わせを済ませて立ち上がると、ニコライがイオリに欲しい物を聞いてきた。

「んー。金槌(かなづち)ですかね」

その言葉にニコライは不貞腐(ふてくさ)れた。

「屋台街で、探してろ！」

イオリは笑いながら教会をあとにした。

20

「あー。おかしかった。ニコライさん、良い人だったなぁ」

イオリがそう言うと、双子は楽しそうに声を上げる。

「『ニコライ。面白い！　好き』」

「だったら、ちゃんと好きって教えてあげれば良かったのに」

「『そのうちね』」

双子の言い草にイオリは笑って、屋台エリアに足を向けた。

△　△　△

牛乳屋さんを覗くと、やっぱり客は来ていない。

店先にはカッチェさんじゃなくて親父がブスッした顔をして座っていた。でも、イオリを見かけると片目をつぶって手を振ってくれたから、機嫌は悪くないんだろうと分かった。

屋台エリアは今日も混んでいる。

今日は、見ていなかった工具や手芸用品エリアに行ってみた。

食べ物や日常雑貨が売られているエリアより落ち着いているように見える。

「ここで、金槌買うの？」

パティがイオリの腕を引く。

「うーん。今日は見るだけかな」

少し見て回ると、道具が綺麗に並べてある屋台があった。

「見せてもらっていいですか？」

「おう。気楽に見てきな」

1つ1つ見ていると、店のおじさんが話しかけてきた。

「兄ちゃん、何が欲しいんだ？」

「金槌が欲しいんだけど、すみません、今日は見るだけで。でも、買う予定はあるんで勉強させてください」

そう伝えると、おじさんはニカッと笑って許してくれた。

「そうかい、じゃ。しっかり見ていきな！」

一通り見てからおじさんに聞く。

「これ、全部おじさんが？」

「おぅ。店開くほど余裕ねーからな。工房の2階に住んで、週1で屋台出してんだ」

「そっか！　おじさんのとこで買うようにするよ」

「おぅ。そうか。坊主またおいで」

離れようとすると、籠の中に無造作に入れられている物に目が留まった。

「おじさん。これは？」

「んぁ？　ああ、それは中古のイベントリだな。腰に付けるバッグなんだが、破けたりしてるから通常の量が入らないんだ。せいぜい買い物する主婦とかが買っていくよ」

「これください！」

「んー。1つ銅貨10枚な」

「じゃあ、2つで銅貨20枚だね」

イオリは、ベルト式タイプの小さいのを2つ選んだ。

「毎度！　いいのかい？」

「はい。この子達に持たせようと思って。このエリアにベルトの部品ありますか？」

「なるほどな。あるよ！　奥の方に行ってみな」

「ありがとう」

「「バイバイ」」

双子が手を振ると、おじさんも手を振ってくれた。


双子は嬉しそうにスキップをする。

自分達もバッグを持てるのが嬉しくてたまらない。

おじさんの言う通りに行くと、馬車に取り付ける馬蹄（ばてい）や鞍（くら）を扱っている屋台にベルト部品があった。

「これ見せてください」

猫耳のお姉さんに声をかける。

「はーい。どれがいい？」

双子を前に出し、腰バッグを見せる。

「この子達のこれに合うベルトが欲しいんですよ」

「あぁ、なるほど。じゃあ、あまり大きいのは良くないねー」

５つほどのバックルを出してきた。猫や犬、鳥を模した物とシンプルな丸と四角もあった。

お姉さんが何個か手に取り、双子に見せる。

「別々のがいいかな？」

「「お揃い!!」」

双子が選んだのは、シンプルな四角だった。

それでいいのか聞くとニッコリする２人を見て、お金を払おうと腕輪を向ける。

「これください」

お姉さんは笑顔でお金を受け取る。

「バックルに合うベルトもおまけするねー。これかな？」

「「ありがとう!!」」

「どーいたしまして！」

奥にいた猫耳おじさんがベルトを作って渡してくれた。

「ありがとうございます」

イオリがお礼を言うと、手を挙げて答えてくれた。

「「バイバイ」」

屋台を離れ、宿に帰る道すがら、手芸屋を覗いた。

全体的に色が付いた布は少ない。しかし店の端っこの木箱の中に切れ端が沢山あり、なぜかその中は色とりどりだった。

「おばさん、これは？」

「それはね。貴族様とかが使うドレスだとかを取り扱ってる店が、切れ端とか余ってるのを安く譲ってくれるから置いてあるんだ。一律銅貨10枚だから割と売れるよ」

「なるほどねー。2人とも、この中から1枚好きなの選んで。腰バッグの穴が空いてるところに当てよう」

キャッキャ言いながら選ぶ2人をゼンに任せて、イオリは裁縫セットを求めた。

おばさんは必要な物を見繕って持ってきてくれた。

双子がそれぞれ赤と青のタータンチェック生地を選んできた。

「おばさん、これもお願いします」

「毎度ありがとうね」

手芸屋から出ようとすると、若いお兄さんが大きな籠を2つ持って入ってきた。

「はい。ごめんよ通してくれ。母さん！　ここ置いてくから！　まだあるから持ってくるよ」

「あいよ」

籠の中には2種類のモコモコが入っていた。

「これなーに？」

好奇心旺盛なパティがおばさんに聞く。

「これかい？　こっちのモコモコはシェルフシープの毛。ちょっと硬めのモコモコはデーモンフォーンの毛だね」

「どうやって使うんです？」

イオリが聞くと、おばさんはさらりと答える。

「シェルフシープは金持ちのベッドのマットとか冬の首巻。デーモンフォーンはスライムとかの粘着剤で固めて防寒とかかな」

「ふーん。ありがとう。また来ます」

「毎度ね！」

「「バイバイ」」

△　△　△

一行は食べ物エリアに移動していった。

今日は鳥系の肉が入った煮込みに、硬いパンを噴水の縁に座って食べた。

「あのさ。一番最初の依頼、シェルフシープとデーモンフォーンにしないか？」

「「？・？・」」

口に煮込みを含んだ双子は無言で首を傾けた。

『さっきの毛が欲しいの？』

ゼンも不思議そうに聞いてきた。

「シェルフシープは襲ってこないで、プカプカ浮いてるだけだから毛刈るだけだけど、デーモンフォーンはツノとかで襲ってくるから、腕慣らしにはいいと思うんだ。それにね……」

「「それに？・」」

イオリはこれからのことを話した。

「もう少しあとになるけど、馬車を買おうと思って。ゼンも一緒に乗って旅が出来るようにさ。見てると、貴族の馬車でさえ乗り心地悪そうだから、俺達の馬車を快適にするために使おうかなーって」

「「『馬車！！！』」」

双子とゼンがキラキラした目を向けてきた。

「すぐってわけじゃないよ？　買っても俺が手を加えるつもりだから、使えるまでに時間かかるかも」

「人に頼まないの？」

首を傾げるスコルの頭を撫でる。

「だって！　魔法に頼ったり、人に頼んで金だけ払うなんて、つまらないじゃないか。自分達が使う物だ。出来ることは自分でやる。愛着も湧くしね。どう？」

「うん！　楽しそう！　スコルも手伝う！」

「パティも！」

『ボクも！』

新たな計画にワクワクしながら、昼食を終え宿に戻ろうと噴水を立つ。

そこで、ゼンが唸りを上げた。

「おい！　坊主。そこのお前だよ！」

21

イオリが振り向くと、2人の男と1人の女が立っていた。

その中の1人が話しかけてくる。

「お前らこないだギルドにいた奴らだよな？　ギルマスの部屋に行ったり、新人のくせに金回り良さそうじゃねーか」

「それが、何か？」

ゼンが威嚇していたので、イオリはすでに彼らに対して敬意など持っていない。

「なんだその態度。先輩が礼儀を教えてやるって言ってんだよ」

ニヤニヤと笑いながら男が近寄ってくる。

「いや、言ってませんよ？　ギルマスの部屋に行った金持ってる奴だなって言ったんですよ、あなた」

「んな、こたぁいいんだよ。冒険者とは何か教えてやるから、金の都合しなって言ってんだよ」

イオリの後ろにいるパティがスコルに囁く。

「やっぱりそんなこと言ってないよ？」

「シッ！　頭悪いんだから可哀想だよ」

スコルが囁き返すのを聞き、イオリは笑ってしまった。

「何笑ってんのよ。やっぱり生意気！　ヴァルト様に気に入られてるからって！」

あぁ、何にしてもお金が欲しいのかな？　と思って尋ねる。

「いくらです？」

「銀貨3枚。1人1枚ずつだ」

ハァーとため息を吐いたイオリは頭を横に振る。

「銀貨3枚なんてワイルドウルフの群れを仕留めれば手に入るでしょう？」

それに3人が驚いて騒ぐ。

「馬鹿言ってんじゃねーよ。ワイルドウルフなんて３人で１匹仕留めるのもキツいってのに！」

「……マジで？」

「いいから、金よこせ！」

イオリのキョトンとした様子を見て顔を赤くした男が襲ってきた。

イオリが双子とゼンに声をかける。

「みんな、手を出しちゃダメだよ。鬼ごっこだ！　捕まってもダメだからね」

「『『はーい』』」

しばらくイオリを追いかけていたが、一向に捕まえられないので諦め、双子を追う男。残りの男と女も加わった。

噴水の回りで笑って逃げる子供を相手に、冒険者が顔を真っ赤にして追いかけている。

目立たないわけがない。

ギャラリーがいつの間にか増えていき、冒険者達を笑っていた。

今さらやめられない冒険者達は、無理やりにでも捕まえようと剣と杖を構えた時だった。

「なんの騒ぎだ！　これはどーゆーことだ！」

やってきたのは、隊長のロディを先頭にした治安維持隊だった。

「あっ！　いや、これは」

冒険者達が慌てて逃げようとすると、野次馬が騒ぎだす。

「そいつらが、その子達をカツアゲしようとしたんだ！」

「俺も見てたぞ！　それを断ったら襲ったんだ！」

「その子達は手を出してないわよ！　ずっと避けてたもの！　みんな見てたわ！」

そうだそうだ！　の声にロディがイオリに近寄ってきた。

「と、みんなは言ってるが本当かな？　イオリ君」

そのエルフがすまなそうに言う。

「お騒がせしまして。大体そんなところです。全員で銀貨3枚だそうです。双子には手を出すなと言ってあります」

頭を掻きながら話すイオリの肩をロディはパンパンと叩き、他の維持隊員に、喚く冒険者達を連れていくように指示した。

そこへ、冒険者ギルドから耳の尖ったエルフが出てきて、ロディとイオリの所に来た。

「お騒がせしたようだ。隊長、申し訳ない」

「エルノールさん、仕事だ、気にしないでくれ。ただ、この子達は絡まれたうえに手を出していない。みんなが証人だ、考慮してやってくれ。イオリ君、この人は冒険者ギルドのサブマスターのエルノールさんだ」

エルノールは笑いながら手を振った。そして口を開く。

「自己紹介はいいよ、ギルマスから散々聞かされたから。会えて嬉しい。大丈夫、君達に罰など与えないから。よく手を出さなかった。冒険者は街の中での喧嘩はご法度、あの子達も分かっていたはずだ。まずは治安維持隊に任せます。ギルドの職員も派遣します」

「分かった。じゃあ俺は行くよ。またな2人とも」

「ロディさん。ありがとうございました！」

「「ありがとう!!」」

双子も手を振ると、ロディも手を振りながら帰っていった。

「一度、ギルドで話を聞かせてください。流石に何もしないわけにはいきませんから。皆さんも安心して！　この子達に何かするわけじゃないから！　さぁ、散って！」

エルノールの言葉に散っていくギャラリーに、頭を下げるイオリだった。


「災難だったわね」

ギルトに行くと、以前お世話になった受付のお姉さんが声をかけてきた。

苦笑するイオリをよそに、パティが答える。

「鬼ごっこ、楽しかったよ」

そんなパティの言葉に、ギルドは笑いに包まれたのだった。

その後、軽い事情聴取を終え、エルノールに挨拶して帰ろうとすると聞かれた。

「いつから、依頼を受けてもらえますか？」

「今、装備の準備中なんです。揃い次第、仕事します」

「そうですか。期待しています」

△　△　△

ギルドを出て宿に戻ると、ダンとローズも騒動の話を聞いたのか、心配して待っていた。

「大丈夫だよ」

パティが伝えると、ローズは双子を抱きしめて喜んだ。

「お前ら髪切ってやる。ピシッとしないと舐められるからな」

ダンがそう言うと、３人は裏に連れていかれ、急遽、青空床屋が出来た。

「新人冒険者はな、見た目で判断されるんだ。俺が舐められないように整えてやる」

イオリの気持ちを無視して、ダンはイオリの髪を迷うことなく切りだした。

内心ドキドキしているイオリの背を叩き、

「よし出来た！　鏡見てみろ！　次、スコル！」

イオリは急いで鏡を覗く。

こざっぱりと整えられた髪に安心してゼンを見ると、満足そうに頷いている。

「よしっ！　次パティ！」

スコルの方もすぐ終わったらしい。髪を切られたスコルが鏡を見ようと、イオリの側に来た。

元々ゆるふわの髪のスコルも可愛らしく整えられて、すみれ色の髪から見える耳との相性も良い。

「スコル似合ってるぞ。カッコ良くなった」

「イオリもさっぱりでカッコいい！」

「よし！　パティは長いままが良いから、前髪切ってあとは整えといた。お前ら忘れるな！　身だしなみは大事だと！」

３人でお礼を言う。

「「はーい！　ダンさんありがとう！」」

「パティも可愛いよ。ゼンにも今度ブラシを買おう」

「エヘヘ」


その後、早めの夕飯をもらい部屋に帰ると、馬車の話を聞きたがるゼンと双子に、イオリが作ろうとしている馬車のイメージを伝えた。

『楽しみだねー』

「「ねー」」

双子が寝たあと、まだ興奮しているゼンと話しながらイオリは腰バッグの穴に布を縫いつけていく。

『可愛いねー。赤いのがパティで、青いのがスコルだね』

「ゼンも身に着ける物いる？」

『んー。動くのに邪魔だからいらない』

撫でてやると、ゼンの目もトロンとしてきた。

「今日もお疲れ様」

そう言って、イオリもベッドに移動した。


朝、双子は揃って起きた。

畳まれていた着替えの上にそれぞれの腰バッグが置かれているのを見ると、顔を見合わせニヤニヤする。

そうして静かに着替え、イオリとゼンにダイブする。

「『ぐぇ！』」

2人から聞いたことがない声が出た。

「「あははは！」」

双子はイオリにありがとうと言うと、走り回った。

自分の物が出来て嬉しい2人を見て、イオリとゼンは顔を見合わせニッコリ笑うのだった。

22

カサドとの約束の日まで一行はのんびり街を見たり、城壁の外で体を動かした。

そして本日、カサドからお呼びがかかり、工房に行くことになった。


工房の扉を叩くと、疲れているようだがニコニコしたカサドが出てきた。

「来たか。待たせたな、入ってくれ」

入ると、3体のマネキンが目に入った。マネキンには衣装がかかっている。

「3人とも身軽に、動きやすくってことだったからな」

見ると、普段着でも良さそうな装備だった。

「洋服みたいなのもカサドさんが?」

「俺は防武具屋だからな、なんでも作る。服って言ってもアラクネの糸を加工してるから、それ自体でも強いぞ。とりあえず着てみてくれ。調整せにゃならんとこもある」

3人とも別々に着替えると、ゼンが言う。

（カッコいい!!　３人とも良いよ！）

双子は照れていたが、イオリは動きやすさを見ていた。

スコルは、鮮やかなオレンジ色のフード付きパーカーをゆったり着ている。下はズボンをブーツにインしていた。

パティは、澄んだ青色のフード付きパーカーに、可愛らしい黒のミニスカート。２人ともインナーは黒で、パーカーはゆったりめ、ブーツは茶色だった。

イオリは地味ながらも素材のしっかりしたシャツに、細身のズボンに、ロングブーツ。両方の太腿には拳銃ホルダーが付いていていた。

カサドはイオリにフード付きマントを渡しながら言う。

「お前さんの武器は異様だからな、ワシならどうしたいか考えた。太腿には小さいのをすぐ出せるように、大きいのはマントで隠せるようになってる。ちなみに、マントはリバーシブルだ。好きに使え」

モスグリーンと黒のリバーシブル。身に着けると膝丈程度の長さで、動きやすい仕様になっていた。

「２人の武器はこっちだ」

そう言うカサドについて行くと、テーブルの上に双子用の武器として長刀と双剣があった。

「お前さん達は回避特化。ピョンピョン飛ぶんだろ？　聞いたぞ、こないだは楽しかったそうじゃ

ないか。だから重くないようにした。その代わりに凄い切れるからな、扱いには気をつけろ」

双子は受け取り、それぞれ新しい武器を振った。

「ありがとう、カサドさん。良さそう」

「うん、いいよ。こんなの持ったことない。ありがとう」

ニッコリとパティが言えば、スコルも頷いて言った。

カサドは満足そうに笑みを浮かべると、イオリに顔を向ける。

「イオリにもダガーを用意した。なんかには使えるだろ」

「ありがとうございます。お礼にはならないけど、これもらってください」

イオリは、腰バッグから唐揚げと木の筒を取り出すと、作ってくれた装備のお返しとしてカサドに渡した。

「おぉ、イオリの料理か。この筒は？」

「俺が住んでいた所の酒で、希少なんです。ドワーフは酒が好きだと聞いたから。少しで悪いんですけど」

酒と聞いて目の色を変えるカサド。

「悪いな！　仕事終わりの一杯が堪(たま)らんのだ。今晩にももらうとしよう。ところでお前さんから預かっていた素材だがな、ほとんど使っちまったよ。魔物の素材にしても、ロック鳥やらコカトリスやらだろ？　石だって魔石や宝石だったから面食らっちまったよ。余ったもんを返すな」

カサドが素材を取りに行こうとするのを、イオリは止める。

「いや、それはもらってください。俺達には無用な物です。おまけのグローブまでもらってますし」

そう、最後におまけとして、3人お揃いのグローブまでもらっていた。

カサドは申し訳なさそうにしつつ、イオリに尋ねる。

「そうか、悪いな。明日から行くのか？」

「慣らしで、これから行きます」

「そうか、使用した感想を教えてくれよ。気をつけてな」

「ありがとうございました。いってきます！」

「「いってきます!!」」

こうして一行は、その足で冒険者ギルドに向かった。

△△△

冒険者ギルドは人が少なかった。

依頼ボードを見渡したところ、イオリ達が受けられる依頼は少ない。

「あった、あったよ！」

スコルが指差す紙を見ると、デーモンフォーン2頭の依頼があった。

イオリは双子とゼンに尋ねる。

「報酬少ないけど、これでいい？」

「「いいよー」」

3人とも気合いを入れたように力強く頷いてくれた。

紙を剥がして受付に持っていく。そこには馴染みのお姉さんがいた。

「お姉さん、こんにちは。これお願いします」

「ラーラよ。初めての依頼ね？　報酬少ないけどいいの？」

「はい。お願いします、ラーラさん」

イオリがそう言うと、ラーラはニッコリ笑った。

そして魔石の天板に紙を載せる。

「依頼の受付は完了しました。依頼失敗はペナルティをいただきますので、気をつけてくださいね。

では、いってらっしゃいませ」

「ありがとうございます。いってきます」

「「いってきまーす」」

イオリ達の背に「武運を」と呟いてから、ラーラは席を立った。

それからラーラが向かった先は、ギルマスの部屋である。

ノックをして中に入ると、ギルマスのコジモとサブマスのエルノールが話をしていた。

「どうした、ラーラ」

「イオリ君達が依頼を受けに来ました」

「やっとか。装備が揃ったんだな。どんな依頼だ？」

「デーモンフォーン2頭です」

ラーラの返答に、コジモは拍子抜けしたような表情になる。

「はぁ？　そんなもんか？」

「はい。受注して嬉しそうに出ていきました」

「はぁ、やっぱりもっとランク上げときゃ良かったかな」

コジモが後悔したように言うと、エルノールは微笑んだ。

「いいではないですか。私はあの子達が気に入りました。そのうち大きな仕事をしてくれるでしょう。見守りましょう」

「フフフ」

ラーラも笑みを浮かべると、コジモも表情を崩した。

「そうだな。初めての依頼か、これから楽しみだな」

△
△
△

イオリ達は壁門までやって来た。

治安維持隊のポルトスが、嬉しそうに声をかける。

「あれ？　イオリ君じゃないか、双子も！　仕事かい？」

「ポルトスさん、お久しぶりです。はい、仕事です」

イオリが答えると、ポルトスは笑みを向けて言う。

「そうかい、気をつけてな！　いってらっしゃい」

「いってきます」

「「いってきまーす」」


イオリ達を見送るポルトスに、同僚が声をかける。

「おい、ポルトス。あの子達冒険者なのか？　……大丈夫か？　小さい男の子なんてあんな長い剣持ってるぞ」

「大丈夫だよ。あの子達強いから。盗賊とか噴水の話、あの子達のことだからね」

「へー。あの子達が……。凄いもんだな」

イオリ達の武勇伝は、すでに広まっているらしい。

治安維持隊もイオリの背中に無事を祈った。

△　△　△

街の外に出ると、イオリが双子とゼンに声をかける。

「とりあえず魔の森の近くに行こう。デーモンフォーンもだけど、シェルフシープの毛も欲しいし」

「「『賛成!!』」」

そうして歩きつつ、イオリは何気なく呟く。

「あー、こうなるとますます馬車が欲しいね」

すると、彼を気遣うように双子とゼンが反応する。

「スコル、歩くの好きだよ？」

「パティも！」

『イオリ、やっぱりボク大きくなろうか？』

ゼンにそう提案され、イオリは首を横に振る。

「やめとこ。人多いし。領主さんに会ってからにしよう」

『うん。了解』

さらに話しながら歩いていると、後ろから声をかけられた。

「おーい！　兄ちゃん達！」

見ると牛乳屋の親父だった。馬車の御者（ぎょしゃ）をしている。

「どこまで行くんだ？　近くまで乗っていきな！」

早速イオリ達は、馬車に飛び乗った。

イオリが親父に礼を言う。

「親父さん、ありがとう。魔の森近くまでお願いします。ちなみに今日はお仕事はおしまい？　カッチェさん元気？」

親父は笑って答える。

「あぁ、カッチェは、母親と兄嫁と色々と試作品作ってるよ。試作品に牛乳を使うから、売り物自体は減らしてるんだ。誰も買わないからバレやしねーよ。ハハハハハ」

「カッチェさん、頑張ってんだね。お兄さんもいるんですか？」

「あぁ、普段は兄のハンセが主に牛達の世話をして、弟のカッチェが乳を売ってたんだ。あんたのおかげで家族のやる気が出てるよ。あんたには知らずに失礼しちまったが、感謝しきりだよ」

「お礼は成功してからにしましょう。完成品食べさせてくださいね」

「あぁ、あんたに認めてもらいたくってあいつら頑張ってるからな。食ってやってくれ」

「親父さん達の牧場、行きたいなぁ。今度行ってもいいですか？」

「そりゃうちのも喜ぶ！　いつでも来てくれ」

そこでふと気づく。

「それはそうと親父さん、馬車ってこんなに揺れるもんですか？　こういう荷馬車だから？」

「馬車は初めてかい？　んー。お貴族様のなんて乗ったことないけど、大体こんなもんじゃねーか？　前に見た貴族の馬車もすげー揺れてたぞ？」

どうやらそういうものらしい。そろそろ魔の森が近くなってきた。

「そっかー。あっ！　この辺でいいです。助かりました。ありがとう」

「こんな所でいいのか？　帰りは大丈夫かい？」

「気楽に歩いて帰ります。親父さんも気をつけてね。カッチェさん達によろしく！」

イオリに続いて、スコル、パティ、ゼンが言う。

「「ありがとう、バイバイ」」

「バウ」

「坊主達も気をつけろよー！」

親父が馬車を停める前に、イオリ達は馬車から飛び降りた。

去っていく牛乳屋の親父の馬車を見ながら呟く。

「サスペンションとか考えなきゃダメだな」

「サスペンション？」

パティが首を傾げる。

「馬車の揺れを軽減する仕組みかな」

「そんなこと出来るの？　馬車なんてあんなものだよ？」

スコルが驚いて聞いた。

「んー、前に手押し車でやったからなんとなく？　まぁ試してみよう。それよりも、今日は毛を刈るぞ!!」

「『おー！！』」

イオリは前を向く。眼前には魔の森が広がっていた。

「まずはやっぱり依頼から進めよう。ゼンはデーモンフォーンの居場所は感じる？」

『いるけどここじゃない。もっと奥だね』

「よし！　入り口と言っても、魔の森だ。気を引き締めていくよ」

「『はーい』」

スコルはフードを被り、パティは髪を縛ってポニーテールにする。ゼンはブルッと顔を震わせて気合いを入れた。

イオリは銃を撫で、心を落ち着かせる。

3人はカサドがおまけだと言って渡してきたグローブはめて、魔の森に入った。

23

ゼンを先頭に、スコル、パティ、イオリと続く。

ゼンは迷わず真っすぐと進む。

ゼンのナビゲートに信頼を置く3人は無言だった。

『前方にゴブリンがいる。5体かな』

ゼンの言葉に、イオリは顔をしかめる。

「ゴブリンは食べられないからなー。襲ってきたら倒すことにしようか」

「「はーい」」

前進すると、確かにゴブリンがいた。

まだこちらには気づいてない。

静かに通り過ぎようとしたが——なぜだかゴブリン同士で喧嘩しているらしい。

「喧嘩してるよ?」

パティの言葉に、ゴブリン達が反応した。

「ギャ！　ギャ！」

声を出しながら襲ってくる。

「「来たー！」」

「あぁー。ゴブリンは女性が好きって聞くからパティに反応したな」

「ごめんなさい……」

「いいさ。2人とも危なかったら手を出すから、相手しておいで」

「「はーい」」

双子は返事をするや否や走りだし、ゴブリン達の攻撃を避けながら斬りつけていった。

「「ギャー！」」

ゴブリン達の悲鳴を背に、双子は帰ってきた。

「「終わったー」」

「お疲れ様。俺の出番がないじゃないか。凄いな、2人とも」

イオリに褒められて喜ぶ2人は、剣を鞘に収め、手を繋いでスキップしていた。

イオリは念のためゴブリン達の耳を切り、その場を去った。

△　△　△

ゴブリンとの遭遇からしばらくしてゼンが振り向く。

『デーモンフォーンがいるよ！　３頭！　離れてもう2頭もいるよ！』

「よし。じゃあ、離れてる方の1頭をスコルとパティが、もう1頭をゼンが。３匹は俺が引き受けよう。２人ともいける？」

「「いいよー」」

ゼンのあとに３人でついて行くと、遠くの方にデーモンフォーンがいるのが分かった。

デーモンフォーンは牛並みの大きさに、厚い毛に覆われた体。何よりも、硬い頭蓋骨と左右のドリルのような角、という特徴がある。

気性が荒く、他種が近づくと頭を下げて突進してくる。

イオリがライフルを手にする。

スコルとパティとゼンは、音も立てずに遠くにいる2頭のデーモンフォーンに向かっていった。

イオリは、３頭のデーモンフォーンが周りの変化に身を固くしたのをスコープで捉えると、狙いを定めて引き金を引いた。

放った銃弾は、硬い額(ひたい)に一撃ずつ命中した。

ドゥオーン!!

デーモンフォーンは大きな音を立てて倒れたのだった。

「『イオリー。終わったー』」

イオリが獲物の確認をしていると、ドカドカと音を立てて、双子とゼンがデーモンフォーンを引きずってきた。

「お疲れー。おお、立派だなぁ。凄いよ。依頼の2頭はギルドにそのまま持って帰ろう。1頭はパティの解体の練習用にさせてもらおう。あとは俺がやる」

すると、ゼンが遠くへ顔を向けて吠えた。

『イオリ！　大きいデーモンフォーンが来るよ！』

双子は剣を構え、イオリはスコープを覗く。

「スコルとパティとゼンは足を狙って！　俺は頭だ！」

「『了解！』」

向かってくるデーモンフォーンは普通の3倍はあった。

「ブボォォォォー!!」

場所を荒らされ、同種を仕留められ、怒り狂っているようだ。デーモンフォーンは木々を倒しながら、真っすぐイオリ達を狙ってくる。

ゼンと双子が前脚を襲うと、デーモンフォーンは前に倒れる。

その瞬間、イオリのライフルから徹甲弾(てっこうだん)が発射された。

「悪いな」

「グロァぁぁ！」

頭から一回転をして、デーモンフォーンが倒れた。

「「おぉおぉ!!」」

双子は興奮してイオリにしがみつく。

「凄いね！　これも解体する？」

パティの言葉にイオリは考えた。

「いや。これはギルドのベルさんに頼もう。少し考えがある」

デーモンフォーンをそのまま腰バッグに入れる。

「よし！　依頼は終わったからお昼にしよう」

「『はーい』」

△　△　△

川の側の少し広いエリアに布を敷き、水筒とサンドイッチを出して分け合って食べた。

食後は休憩しながら、戦い方の反省をする。

その後、デーモンフォーンを２頭出す。

「今日から皮を剥ぐ練習をしよう。俺も初めてはそうだった」

「うん！」

解体ナイフを出すと手を合わせ、一度やってみせる。パティも解体の皮剥ぎ用ナイフを出して、イオリの言う通りに手を動かしていた。

真剣な顔でパティは皮を剥いでいく。

スコルは離れて、ゼンと組み手をしていた。

時間がかかった皮剥ぎが終わったパティは座り込んでしまった。疲れてしまったようだ。

「とっても丁寧に出来ているよ。初めはスピードよりも丁寧を心がけよう。お疲れ、パティ。川で体洗っておいで」

イオリに褒められ、嬉しそうにパティは川に入った。それを見たスコルも川に飛び込む。

それでキャッキャと遊び、双子が川から上がるとゼンが乾かしてあげていた。

「おーい。そろそろ移動するよー」

「『はーい』」


今度は、魔の森と川の間を縫うように歩いてく。

ゼンの示す方に歩いていくと、シルフィシープが何頭も浮いていた。

「首回りの毛だけは残してあげてね。風邪ひいちゃうから。さあ、傷つけずに毛だけはいただこう」

「『はーい』」

スコルとパティは2人で1頭を捕まえて、毛を刈っていく。イオリはゼンが捕まえてきたシルフィシープを手際よく刈った。

1時間もしないうちに、沢山の毛を手に入れることが出来た。

「触ってごらん」

「『フワフワー』」

その後はシルフィシープに別れを告げて、街までのんびりと帰ることにした。

帰る時も双子はピョンピョンと飛びながら楽しそうだ。イオリは、鑑定を使って木の実や葉っぱを採っていく。

人通りが多くなると荷馬車に乗せてくれる人が現れ、ありがたく思いつつ乗った。

やはり馬車はガタゴトと揺れた。

△　△　△

「お帰り!!　仕事どうだった？」

壁門に立つポルトスから声をかけられ、双子は手を振って答える。

「「ただいま！　楽しかった」」

「そうかい。お疲れ様」

ポルトスはイオリに笑顔を向ける。

「お疲れ。ギルドは今、混んでるかもな」

「ただいまです。そっか……。とりあえず覗いてきます」

壁門を潜り、ポーレットの街に入った。

夕方になっているので屋台からいい匂いがする。その匂いに釣られながらも無事ギルドに着くと、案の定人が多かった。

受付で依頼報告をしている人もいれば、一仕事後の一杯を始めている人もいた。

イオリ達は解体場に行って、ベルに声をかける。

「ベルさーん！　お願いします」

「あー。イオリ君じゃないですかぁー。今日はなんですかぁ？」

「依頼をこなしてきたんで、獲物出していいですか？　デーモンフォーン２頭です。解体してません」

「了解しましたぁ。ここに出してください」

言われた場所に、双子とゼンが倒したデーモンフォーンを出す。

「うん。綺麗に仕留めてますねぇ。上乗せしておきましょうかぁ」

「ありがとうございます。あと3頭は解体してあって、いらない部位は売れますか？」

「えぇ、いいですよぉ？」

ニッコリ笑うベルに、イオリは自分が仕留めた方を出す。

「毛以外全てですねぇ？　うわぁ、頭蓋骨一発じゃないですか？　ひぇー。こんなの見たことないですぅ」

続けて、イオリは気まずそうに言う。

「あのですね。もう1頭あって、皮から毛、全て欲しいんですけど解体してもらえますか？　あとはお譲りしますから」

「んー？　解体しなかったんですかぁ？」

「大きかったんで、1人だと綺麗に出来ないと思って」

恥ずかしがりながら、イオリは一番大きいデーモンフォーンを出した。

「うわぁぁ。これは……」

ベルだけでなく、解体場にいた人間達が驚いた声を上げる。

「すみません。これはぁ、一度ギルマスに報告ですぅ。お願いしまーすぅ」

それを聞いた別の職人が走っていった。

「あれ？　これ、まずいやつですか？」

「いーえ。でもこれ、上位変種してます。雷とか出ませんでしたぁ？」

３人は首を傾げてベルを見る。

「あぁー。分かりましたぁ。大丈夫、解体も受けますよ。皮付きの毛ですねぇ。了解です」

やがてドタドタとギルマスのコジモが来た。その途端、騒がしくなった。

「なんだこれ？　変異種か！　イオリがやったのか？」

「そうですよぉ。右の前脚が双子ちゃんで、左の前脚がゼン君で、額の一発がイオリ君ですね。雷出す前に倒しちゃったみたいですぅ」

「「凄ーい！　ベルちゃんお見通し？」」

「プロですからぁ」

ベルの観察眼に驚く双子に、ベルはニンマリと笑った。

「イオリとゼン君だけじゃなく、双子もか……」

コジモは頭を掻きながら呟く。

「イオリ達は俺の部屋に。ベル、頼むぞ」

「了解ですぅ。イオリ君達、カード出してぇ」

それぞれ記録してもらうと、コジモの部屋に向かった。

コジモの部屋に入ると、サブマスのエルノールがいて笑顔で迎えてくれた。

「お疲れ様でした。マスター、いかがしますか？　デーモンフォーンの上位変異種はＢランクパーティーの依頼ですよ？」

「そーなんですか？　どーしよー」

目立つことが嫌いなイオリは戸惑ってしまう。

「あぁー。もう！　イオリはＡランク昇格！　スコルとパティはＣランク昇格だ！　こないだの、騒ぎもあったことだ。もう因縁つける奴も減るだろ。さぁ、ジャンジャンと上位依頼をこなしてくれ」

………………。

「えー！　いきなりＡランクって！　マズクナイデスカ？」

イオリの困惑をよそに、双子は大喜びだ。

「やったねー」

「ねー」

「いやいやいや！　まずいでしょ⁉」

慌てるイオリに、コジモ、エルノールが告げる。

「いつかなるんだ。早くても変わらん。カード出せ。あとは受付で更新すればいい」

「イオリさん。大丈夫です。貴方には実績があります。それに、公爵家のお抱えになるにはＡランクくらいあった方が何かと便利です。ここはもらってください」

「……。分かりました。ありがとうございます」

イオリ達はカードを出し、ギルマスの証印をもらい、部屋を出ていった。

受付にはまだまだ人がいた。イオリ達も列に並ぶ。

視線が来ているのは間違いない。ゼンがソワソワとしているからだ。落ち着かせるように背中をさすると、ゼンは顔を上げ大丈夫と言ってきた。

5分ほど待つと呼ばれた。

「次の人、どうぞー」

ラーラとは違う女の人に呼ばれ、ギルドカードを出す。

「お疲れ様です……。えっ！　あっ失礼しました。こちらを換金所にお持ちください」

紙を渡された。

「はい。依頼完了受付ました。以上で全てのカードの更新も終わりです。お疲れ様でした」

カードも返され、換金所に行く。用が済むと足早に離れた。

一度、解体場に行ってベルに声をかける。

「大きいのは3日くださーい。綺麗に解体してみせますよぉ」

△　△　△

イオリ達が冒険者ギルドを出る頃には、スッカリと日は暮れていた。

カサドに報告しようと思ったが、今日はゆっくりすると言っていたので明日にした。

帰ろうと思い、宿屋までの帰路を歩いていると、ゼンが不機嫌な声を出した。

『なんかついてくる。悪意がなくて気持ち悪い』

「悪意がない？」

『うん。なんか覗き見してきて気持ち悪い』

ゼンがそこまで言うのも珍しい。悪意がないとはいえ、面倒事であることには変わりない。

「3人とも。走るよ。せーの！」

イオリ達はめいっぱい走った。


『うん。ついてこれてない』

「じゃ、ここからは競走ね。よーいドン！」

イオリは3人を置いて走りだした。

「『あっ。ずるーい!!』」

双子とゼンは猛然と追いかける。

ダダダダダ!!

『1番!!』

最初に、日暮れの暖炉に駆け込んできたのはゼンだった。続いてパティで、僅差でスコルがたどり着く。

最後に笑いながらイオリが入った。

「「ゼンちゃん速い!!」」

スコルとパティはゼンに飛びつく。

「なっ。なんだ！　何があった!?」

ダンとローズが慌てて出てきた。

「すみません。誰かにつけられてたんで、走って振りきったんですけど、競走しようと言ったら本気になってしまいまして……」

苦笑してそう言うイオリに、ダンは眉間にシワを寄せた。

「つけられた？」

ローズが、双子とゼンに水をくれる。イオリは食堂に人が少ないことを確認してから、小声で伝えた。

「ランクが上がったんです。だから、目をつけられたかなと」

「もう上がったのか？　Cか？　Bか？」

「いや……。今までCだったんですけど、Aになりまして。双子がCになりました」

「………。なるほどな。新人がそれじゃ、巻き込まれるわな。いや！　めでたいな！　ローズ、今日は祝いだ！　ここじゃ目立つな。飯は部屋に持っていってやる。ゆっくり待ってろ」

「あっ！　ありがとうございます」

「「ダンさんありがとう」」

「おうよ！」


イオリ達は部屋に戻った。

双子とともに体と髪を洗うと、ゼンが乾かしてくれた。

「にしても、誰だったんだろ？　追いかけてきた人」

『じっと見てきたよ。気持ち悪かった。でもね、匂いは少し嗅いだことがあるんだよ』

「……？　ますます分からない」

考えてもしょうがない。

その時はその時だと、双子とともにソファに腰掛けグッタリした。

「ねー。イオリ？　モコモコのあとはどうするの？」

「欲しい物は沢山あるんだ。布に金槌、釘に革、木材だろう？　あとはもちろん馬車だよね。それを改造するために欲しい魔物を狙おうか」

「うん！」

頷くパティとは違い、スコルは冷静に聞く。

「木材は、魔の森。布、金槌、釘は屋台街……。革ってなんの？」

「馬車の業者席に使いたいんだ。出来れば柔らかくて防水出来るのがいいよなぁ。カサドさんに相談するか」

「うん。そうしよう」

馬車の話をしていると、ノックがしてダンが料理を運んできた。

「お待たせ！　肉焼いたぞ！　食え！」

「うわーい！　ありがとう、ダンさん」

「バウ！」

「いただきます」

早速食べ始める。硬いが旨味があって美味しい塩味のステーキだ。

「イオリがAランクとはねー。ここ最近じゃ、一番の出世だな。貴族に目をつけられて面倒なこと、起きなきゃいいけどな」

心配するダンにイオリはなんでもないように言う。

「ニコライさんとヴァルトさんにお世話になることになってます」

「！！！！　そうかい！　なら安心か。自分のパーティーに引き込みたい冒険者。本物かどうか試したい冒険者。自分のものにしたい貴族、商人。俺はどーにも面倒で、怪我を理由に冒険者を辞めちまった。でも、公爵家が面倒見てくれるなら手出しなんて出来ねーな」

「やっぱり面倒なんですね。ハァー」

双子が満足して座ったままうたた寝を始めると、ダンは片付けを始めた。

2人で双子をベッドに運ぶと、双子は完全に眠りについた。

ゆっくりしろと言うダンの言葉に甘え、イオリもゼンともに眠りにつくことにした。

△　△　△

翌朝、目覚めて身支度をしていると、トントントンと扉が叩かれた。

「??　はーい」

扉を開けるとローズが申し訳なさそうに顔を覗かせた。

「朝早くからごめんなさいね。ヴァルト様がいらしてて、イオリ君に会いたいっておっしゃるの。お通ししていいかしら?」

「はい。いいですよ。お願いします」

双子の準備もさせていると、再びノックが聞こえた。

「入るぞ」

言葉とともに、ヴァルトが入ってきた。何やら男を連れている。

「朝早くに悪いな。コイツがうるさくてな」

「あっ、やっぱりイオリだった!! 逃げやがって、お前ー」

イオリは、そう声を上げた男を見てニッコリした。

「お久しぶりです、マルクルさん。お帰りになってたんですね」

その男はヴァルトのもう1人の従者――マルクルであった。

ゼンが声をかける。

『あぁ、マルクルか。だから知ってた匂いだったんだ。久しぶりー』

「……おい。……おいおいおい! ゼンが喋ってるぞ!」

マルクルは驚いて飛び退く。

「まあ、ゼンはフェンリルだからな」

ヴァルトが言うと、マルクルはさらに困惑して固まった。

「フェっ……。何!?」

「ゼンは純白のフェンリルだ。拝めるだけでありがたいんだぞ」

すると、ゼンが申し訳なさそうに言う。

『じっと見てくるから、イオリに気持ち悪い視線って言っちゃった。ごめんね』

マルクルは驚きのままに大きな声で話しだす。

「いや、こっちこそイオリ？　と思って凝視してしまったしな。って、おい！　イオリ、お前大きくなったなぁ。ゼンもなんだよ、フェンリルって！　ヴァルトとトゥーレが何も教えてくれなくてさ。昨日屋敷に戻って問い詰めたら、『あれ、言ってなかったか？』って……。酷いだろ？」

ヴァルトが顔をしかめて注意する。

「マルクル、うるさい。子供達が驚いてる」

「子供？」

マルクルは双子を目に入れると、イオリの肩を掴み、激しく揺すった。

「お前、いつから子持ちになったんだよ。俺なんてまだ嫁もいないのに……」

ヴァルトが頭を抱え、ため息混じりに言う。

「ハァー。すまない、みんな。朝から騒ぎ立てて。このバカにはあとで説明しておく。イオリ、昨夜ギルマスがイオリをAランクにしたと伝えてきた。本当か？」

「はい」

イオリはカードを見せた。

「はぁ？　新人がAランク？　お前どれだけ無茶してんだよ」

マルクルの言葉を無視して、ヴァルトは話を進める。

「面倒になる前に、イオリ達を公爵家の人間としたい。父には話を通している。これから来れるか？　双子も屋敷に招待しよう」

「これからですか？」

「あぁ、早い方がいい」

双子を見ると、２人はしっかりと状況を把握していた。

「２人とも着替えてくれる？　ヴァルトさんのお家に行くよ？」

「「はーい」」


無地の部屋着からお出かけ用の格好に着替えた３人は、食堂で待つヴァルトの所に行った。

「急かせて悪いな。やはり貴族が動きだしそうだ。馬車を用意した。乗ってくれ」

「「馬車!!」」

双子が喜ぶ姿を見たヴァルトは微笑んだ。

「なんだ、馬車好きなのか？」

「今の目標が馬車の購入で、馬車について調べようとしてたところなんで嬉しいのでしょう」

イオリがヴァルトに笑いかけると、表からマルクルが顔を出した。

「ヴァルト。行こう。イオリ!!　話聞かせろよ！」

一行は馬車に乗って領主の屋敷に向かった。

貴族の馬車は造りもしっかりしていて普通よりも豪華だったが、やはりガタゴトと揺れが酷かった。

「ポーレットは坂道がある街だけど、馬車の乗り入れがギリギリ出来る傾斜だ。一般の馬車は壁門の停車場に預けるが、貴族や商人は乗り入れ料金を払っている」

「なるほど……」

ヴァルトが説明してくれている間、マルクルは双子に話しかけている。

「チビッコ達、俺はマルクル。ヴァルトの従者だ。よろしくな」

双子は疑う目でマルクルを見る。

代表してスコルが尋ねた。

「じゅうしゃってトゥーレと一緒？」

「あぁ、そうだ。仕事で離れててな、ヴァルト達と一緒に挨拶出来なかった。驚かせて悪かったな」

「ボクはスコル」

「パティ」

『ボク達の家族だよ』

「ゼン！　お前、話せるなんてな。よく来たなポーレットに！　偉いぞ！　家族か！　そうか！」

マルクルの様子にヴァルトは苦笑いした。

「悪いな。待ってる間にマルクルに双子の説明をしたら、妙に2人に肩入れしてしまってな。何せ、今までミズカルドに行かせていたものでな。だいぶ、獣人に入れ込んでいる」

「ミズカルド……」

イオリはそれ以上聞かないが、笑って話せる内容ではないのだろう。


店舗街を抜け貴族街を通り、いよいよ畑エリアに入るとイオリは顔を出してみた。

豊作のエリアの中に、出来の悪いエリアが目立つ。

「ビートはあそこが良いですね」

イオリが指差す出来の悪いエリアを見て、ヴァルトは目を剥いた。

「あそこはだめだ。何植えても育たない。魔力エネルギーを与えてもダメだった。大事なビートは無理だろう」

「いや、試しましょう。畑が、痩せてるんですよ。栄養を与えると復活する可能性があります」

イオリがそう言うと、ヴァルトは目を見開いた。

「!! 本当か？」

「多分……。だから試そうって話です」

「父上に聞かせなければならないな」

「ちなみに、領主さんはどんな方ですか？」

「我が父ながら、普通の人だと思うぞ。だが、領主としては尊敬出来る」

「へー」


そうこうしていると、領主の屋敷に着いた。

近くで見ると、相当大きいことが分かる。聞けば、有事の際の医療機関にもなっているらしい。

魔の森の対策として、本当によく出来た仕組みだ。

屋敷の庭は裏手にあるらしく、外で見るより広いようだった。

馬車を降りてヴァルト達のあとを歩いていると、双子がコソコソ話している。

「マルクル、うるさかったね」

そう言って笑うスコルに、ゼンが追随する。

『暑苦しいね』

「良い人だよ。……多分」

イオリがそう言えば、

「パティも嫌いじゃないよ。ニコライと同じくらいかな」

パティがぼそりと口にした。

それで双子とゼンは笑っている。

「なんだ？　なんだ？」

マルクルが振り向くと、

「なんでもない!!」

双子はそう大声で言って、笑いながらついて行く。

24

屋敷に入ると、メイドと執事がいた。

「お帰りなさいませ、ヴァルト様。旦那様は執務室におられます。すぐにお会いになりますか？」

「そうしたい。今日中に話をまとめたいんだ。直接聞いてくる。マルクルはトゥーレと兄上を呼んでこい」

「それでは、お客様はこちらでお待ちください」

執事はイオリ達を個室に案内して、紅茶を淹れてくれた。

「ありがとうございます」

イオリがお礼を言うと、双子も倣う。

執事は微笑んで部屋から出ていった。

「大きいね」

パティの囁きにスコルも頷く。２人は手を繋いでいる。不安なのだろう。

「大丈夫。嫌なことあったら、泉に戻ってみんなで暮らせばいいさ。そう思えば気が楽だろ？」

俺達には居場所がある。

イオリがそう伝えると、双子は安心したようだった。

『さっきから結界があるよ？　デニとルチアとクロムスの結界かな……。嫌な気はしないよ』

イオリがゼンを撫でていると――。

トントントン。

ノックの音が聞こえたので返事をする。執事が戻ってきたらしい。

「旦那様がお待ちです。ご案内します」


執事について行く。

彼は一階の奥の部屋まで行くと、その扉をノックした。

「お客様です」

扉を開けると、見知った顔と知らない顔がイオリ達に視線を向けていた。双子は完全に気後れし、イオリの後ろに隠れてしまう。

ヴァルトが迷惑そうに声を上げる。

「だーかーらー。人数を減らせって言ったんです。子供を怖がらせてどーすんですか！」

「そうは言っても、話を聞かなければいけないでしょうが！」

ヴァルトと誰かが言い合いをしだした。

やがて、その人物が声を張り上げる。

「うるさい！　私が挨拶出来ないではないか！　さぁ入ってくれ。私がポーレットの街を任されているテオルド・デュク・ポーレットだ。そうだな、テオと呼んでくれ。息子達が世話になった」

テオと名乗った彼は、立ち上がって挨拶した。その顔立ちはヴァルトに似ている。イオリも挨拶を返す。

「はじめまして、イオリと申します。従魔のゼンと、双子のスコルとパティです。先日、ポーレットの街で、冒険者ギルドに登録しました。ヴァルトさんとは縁があり、街ではお世話になっています」

「うん、礼儀正しい青年だ。……して、ニコライ、ヴァルト。先日から話し合いをしているのは、イオリのことで間違いないのだな」

ニコライが答える。

「はい。私が彼に、公爵家の専任冒険者の契約と自由を約束しました。父上にもご判断いただきたい」

ヴァルトは、イオリ達に申し訳なさそうな顔を向ける。

「悪いな、思ったよりも人が増えた。ここにいるのは、我々が信用している者しかいない。父の隣にいるのが、父の従者のノアだ。若い頃から一緒だった。兄の隣が兄の従者フランとエドガー。そして、お前達を案内したのが執事のクリストフ。大事なことはここにいる面々が共有する。双子を怖がらせるつもりはなかったんだ」

「大丈夫です。初めての人がいて驚いただけだよな」

コクコクと双子は頷く。

机の下からはクロムスが顔を出した。

「「フフフ」」

それで双子が笑ったのを見て、イオリもヴァルトも安心した。

そして、イオリは領主であるテオに顔を向ける。

「お話はどこまで？」

「砂糖の作り方とそれに伴う産業。君が専属冒険者になるということかな」

そこにヴァルトが口を挟む。

「まだ伝えていませんでしたが、イオリは昨日Aランクに昇格しました。双子はCランクに」

「なんと！　まだ、1週間ほどしか経ってなかろうに。何を仕留めた？」

テオは興味深そうにイオリに聞く。

「デーモンフォーンの上位変異種を……。1発で」

静まり返った部屋でテオが声を出す。

「その、1発とはなんだ？」

そこへ、ヴァルトが制するように言う。

「人の戦い方など教えないのが基本でしょう。とにかくイオリは特別なのです」

「それでは、どう庇うのです。我々くらい知っておかなくては！」

ニコライの従者であるフランが、ヴァルトに噛みつく。

イオリは深いため息を吐く。

「話せることは話すんで、大きな声はやめましょう。申し訳ありませんが、クリストフさん。こちらの紙を持って屋敷を出て……。窓から見える畑の入り口辺りで、立っていてもらっていいですか？」

執事のクリストフはヴァルトが頷くのを確認すると、

「かしこまりました」

と出ていった。

「何をするのか聞いても？」

テオの隣にいる、テオの従者であるノアがイオリに聞いてきた。

「俺の特技は遠距離攻撃なんです。お見せした方が早い。ちなみに、パティが双剣でスコルは長刀を使います」

すると、外を見ていたマルクルが声をかける。

「イオリ、準備出来たみたいだぞ」

「はい。では、外を見ていただきましょうか」

イオリは細かい説明をせずに窓に近づくと、スナイパーライフルを出した。

そうしてクリストフが掲げる紙を、時間もかけずに撃つ。

スパンッ！

一瞬の出来事に、大人達は動くことも出来なかった。

「今のは……？」

ニコライは機械仕掛けの人形のように、ぎこちない動きでイオリを見る。

「スナイパーライフルといいます。これを通して魔法で作った弾で遠くの獲物を狩ります」

「飛距離は？」

今度はノアが聞く。

「最大は試したことありませんが、今の10倍くらいの距離でキラーアントを狙撃したことがあります。見える所ならどこまでも」

キラーアントは小型犬ほどの大きな蟻(あり)である。

「……なんとも言いがたいな」

テオが呟く。

その時だった。

「危険過ぎる！　これじゃ！　テオ様やニコライ様だって、いつ撃たれても守りようがありませんよ!!」

ニコライの隣にいたフランが騒ぎだした。

「やめろ」

瞬時にニコライは低い声で止める。

「私は、イオリが気に入っている。ヴァルトが信頼する者と言った言葉を違えるな」

「すみません……。言葉が過ぎました」

ニコライに頭を下げるが、フランに殺気が放たれていることに気づいた時には遅かった。

ゼン、である。

「よしよしよし。落ち着け、ゼン。俺に危害は加えられない。フランさんは俺達のことを知らないから、ビックリしたんだ。怒らなくていいよ」

いつの間にか、ゼンは体を大きくして唸っている。

『イオリを傷つけるのは許さない』

フランは頭を下げたまま冷や汗が止まらない。

『イオリを傷つけるのは私達も容認しない』

そう言ってテーブルの上に現れたのは、ブルーのカーバンクル、そして黄色のカーバンクルだった。

『確かに私達はニコライとヴァルトと契約をしているが、それ以外の人間を守っていけないわけではない。イオリは私達家族の友人だ、契約なくしても友人は守る』

フランは、自分の言葉のせいで神獣と幻獣に睨まれていることに生きた心地がしなかった。

「ルチア……」

ヴァルトが呟くと、ルチアは怒気をはらんだ声で言う。

『私は貴方に言いました、イオリを守ってほしいと。残念です。ここまで来て理解出来ていない人間がいることに』

そうしてフランを含め、その場の男達を睨みつける。

「まさか……君は。いや……イオリ。キミのことを疑ったわけではないのだよ。初めて見る武器、初めて見る神獣に、頭の固い我々はついていけなかったのだ。許してほしい。神獣ゼン、貴方の主人を傷つけるつもりなどなかった。謝る」

テオの他、その場にいた大人達が頭を下げた。

「ゼン、もう大丈夫だよ。デニさん、ルチアさんありがとうございます。怒らないで。それにフランさん、俺がテオさん達を狙うって話ですけど、確かに出来ますよ。やろうと思えば部屋に入った瞬間に全員を撃つことが出来ます」

パンっ！

「!!」

フランの胸に衝撃とともに、ピンクの染料が付いた。

「ペイント弾です。時間が経つと消えます。これでチャラにしてください」

イオリはにこやかに拳銃を見せた。

フランは震えながらもイオリに頭を下げた。

「私の軽率な発言で不愉快な思いをさせて申し訳なかった。許していただきたい」

「はい。許します。ゼン……怒ると疲れちゃうよ」

ゼンを諌めると、ゼンは大きな顔をイオリに近づけ擦りつけてきた。

双子も後ろからしがみつき、クロムスも肩に乗り顔をつけてきた。

「イオリ、すまない。俺がちゃんと説明していたら不快な思いをしなかったのに」

ヴァルトが言うと、ニコライが続いた。

「俺の従者のことだ。俺が謝る。すまない」

イオリはニコニコ笑い、

「だから、大丈夫ですって。今日は領主さんに挨拶に来たんですから、試されるのは覚悟してました。お気になさらず」

ゼンは言われた通り小さくなってもイオリから離れなくなった。

「挨拶に来いと言ったのはこちらだったのに。すまないな」

テオの言葉にも、イオリは首を横に振った。

「まぁ、銃は俺しか扱えません。そういう加護が付いています。管理はしっかりしますのでご心配なく。ご覧の通りフェンリルのゼンの力は強いですし、大人しくしていますが、双子の戦闘力も高いです。あえて言いますが、この子らを人の争いには利用しないでいただきたい。俺達は冒険者です。自由に行動することを望みます。降ってきた火の粉は払いますが、自分達から戦火のある所には行きません」

テオは深く頷いた。

「了承した」

その言葉を聞きイオリはニッコリ笑うと、ゼンに抱きつく。

「あぁー。良かった。ありがとうございます！　ゼン！　良いって！」

『良かったねー。旅も出来るね』

キャッキャと笑うイオリ達を見て、テオは息子達に笑いかけた。

「しっかりした者かと思えば、子供のような。カーバンクルが気に入ったのも頷ける」

「父上、我々はイオリの武力を借りたいのではなく、知恵を借りたいのです。イオリの考えは世界を変える。イオリは表舞台に出ることを望みません。だからこそ、我々はイオリと信頼関係を築かなくてはなりません。利用するなど論外です」

「我々も考えを改めます」

ノアが頭を下げれば、エドガーとフランもそれに倣った。

△　△　△

イオリという、穏やかながらもちょっとだけ規格外で、ちょっとだけ危なっかしい存在が、この世界に何をもたらしてくれるのか。


食文化を美味しく変えてくれるのか。

悲しい獣人差別をなくしてくれるのか。

不便で不自由な生活を、劇的に向上させてくれるのか。

はたまた、貴族に利用されるのを嫌い、人との交流を避けるように森にこもってしまうのか。

もしくは、その力を存分に使って、この世界を支配してしまうのか。


それは神のみぞ知るところだが——

ともかくイオリの物語は、まだ始まったばかりである。

異世界ゆるり紀行
子育てしながら冒険者します
1~15
水無月静琉
Minazuki Shizuru
シリーズ累計
110万部(電子含む)突破!!
2024年待望のTVアニメ化!
1～15巻
好評発売中!
コミックス
1～8巻
好評発売中!
異世界ゆるり紀行 子育てしながら冒険者します
水無月静琉
転生したら、双子を保護しました。
子連れ冒険者の異世界のんびりファンタジー!
子連れ冒険者ののんびりファンタジー!
神様のミスで命を落とし、転生した茅野巧。様々なスキルを授かり異世界に送られると、そこは魔物が蠢く森の中だった。タクミはその森で双子と思しき幼い男女の子供を発見し、アレン、エレナと名づけて保護する。アレンとエレナの成長を見守りながらの、のんびり冒険者生活がスタートする!
異世界ゆるり紀行 子育てしながら冒険者します
水無月静琉
みずなともみ
1
転生したら、幼い双子を保護しました。
シリーズ累計15万部!!
◉各定価:1320円(10%税込)
◉Illustration:やまかわ
◉漫画:みずなともみ B6判
◉各定価:748円(10%税込)

01~22

2024年 待望のTVアニメ化!

デスゲームと化したVRMMO－RPG「THE NEW GATE」は、最強プレイヤー・シンの活躍により解放のときを迎えようとしていた。しかし、最後のモンスターを討った直後、シンは現実と化した500年後のゲーム世界へ飛ばされてしまう。デスゲームから"リアル異世界"へ――伝説の剣士となった青年が、再び戦場に舞い降りる!

各定価：1320円（10%税込）

1～22巻好評発売中!

illustration：魔界の住民（1～9巻）
KeG（10～11巻）
晩杯あきら（12巻～）

コミックス 1～13巻 好評発売中!

漫画：三輪ヨシユキ
各定価：748円（10%税込）

THE NEW GATE ザ・ニュー・ゲート 1
デスゲームから500年後のゲーム異世界へ
絶対覇者降臨
新たなる無双伝説開幕!!
シリーズ累計15万部!
大人気ファンタジー待望のコミカライズ!

アルファポリスHPにて大好評連載中!

アルファポリス 漫画　検索

author

akechi

転生皇女は冷酷皇帝陛下に溺愛されるが夢は冒険者です！

最強娘父（おやこ）爆誕!!

大賢者から転生したチート幼女が
過保護パパと帝国をお掃除します！

アウラード大帝国の第四皇女アレクシア。母には愛されず、父には会ったことのない彼女は、実は大賢者の生まれ変わり！ 魔法と知恵とサバイバル精神で、冒険者を目指して自由を満喫していた。そんなある日、父である皇帝ルシアードが現れた！ 冷酷で名高い彼だったが、媚びへつらわないアレクシアに興味を持ち、自分の保護下へと置く。こうして始まった奇妙な"娘父生活"は事件と常に隣り合わせ!?　寝たきり令嬢を不味すぎる薬で回復させたり、極悪貴族のカツラを燃やしたり……最強幼女と冷酷皇帝の暴走ハートフルファンタジー、開幕！

●定価：1320円（10%税込）　●ISBN 978-4-434-33103-9　●illustration：柴崎ありすけ

この作品に対する皆様のご意見・ご感想をお待ちしております。

おハガキ・お手紙は以下の宛先にお送りください。

【宛先】

〒150-6008 東京都渋谷区恵比寿4-20-3 恵比寿ｶﾞｰﾃﾞﾝﾌﾟﾚｲｽﾀﾜｰ 8F
（株）アルファポリス　書籍感想係

メールフォームでのご意見・ご感想は右のＱＲコードから、
あるいは以下のワードで検索をかけてください。

ご感想はこちらから

本書はWebサイト「アルファポリス」（https://www.alphapolis.co.jp/）に投稿されたものを、改題、改稿のうえ、書籍化したものです。

拾(ひろ)ったものは大切(たいせつ)にしましょう
～子狼(こおおかみ)に気(き)に入(い)られた男(おとこ)の転移物語(てんいものがたり)～

ぽん

2023年 12月30日初版発行

編集－八木響・矢澤達也・芦田尚
編集長－太田鉄平
発行者－梶本雄介
発行所－株式会社アルファポリス
〒150-6008 東京都渋谷区恵比寿4-20-3 恵比寿ｶﾞｰﾃﾞﾝﾌﾟﾚｲｽﾀﾜｰ8F
TEL 03-6277-1601（営業）　03-6277-1602（編集）
URL https://www.alphapolis.co.jp/
発売元－株式会社星雲社（共同出版社・流通責任出版社）
〒112-0005 東京都文京区水道1-3-30
TEL 03-3868-3275
装丁・本文イラスト－TAPI岡
装丁デザイン－AFTERGLOW
印刷－中央精版印刷株式会社

価格はカバーに表示されてあります。

落丁乱丁の場合はアルファポリスまでご連絡ください。

送料は小社負担でお取り替えします。


ISBN978-4-434-33102-2 C0093